AF175558

Angelina Roth, geboren 1989, ist eine schweizerisch-deutsche Schriftstellerin. Ihr Debütroman »Antoine exlex« ist im März 2020 erschienen. Sie schreibt für Literaturmagazine, bloggt auf www.angelinaroth.com und verfasst regelmäßig eine Autorenpost für ihre Leser*innen. Sie lebt in Basel.

Angelina Roth

Die Closerie

Roman

3. Auflage: April 2022

© 2021 Angelina Roth

Foto von Ryoji Iwata, Unsplash

Herstellung und Verlag:

BoD – Books on Demand, Norderstedt

ISBN: 9783753401737

Forget your personal tragedy.
We are all bitched from the start
and you especially have to be hurt like hell
before you can write seriously.

Ernest Hemingway

Für Jakob

1

Ich fixiere das Lämpchen neben der Webcam, es blinkt. In einem der Videofenster kann ich einen bärtigen Mann sehen, Ende dreißig etwa. Wahrscheinlich wäre er attraktiv, ohne die Unmengen an Haaren im Gesicht. Sein Nickname ist Joshua.

Das zweite Fenster ist schwarz. Joshua und ich warten. Er sagt nichts. Er strahlt Ruhe aus, wie er da so sitzt und schweigt. Trotz seines enormen Bartwuchses ist er mir auf Anhieb sympathisch. Die Ruhe dieser Menschen, deren Augen sich sogar weniger hektisch bewegen als die anderer Menschen. Sie zieht mich an. Joshua liest etwas auf seinem Handy. Er scrollt nicht, er swiped nicht. Er liest einfach. Unglaublich, diese Ruhe. Vielleicht denkt er auch über etwas nach und lässt seine Augen einfach, wo sie sind, wo sie vorher eben waren. Jetzt hebt er den Blick, schaut auf seinen Bildschirm, dann sagt er: »Natascha, kannst du mich hören?«

Wir hören Geräusche, dann eine Frauenstimme: »Ja. Diese verfluchte Technik. Ich schwöre, dass es vor zehn Jahren einfacher war, eine Webcam zum Laufen zu bringen.«

»Hast du einen Laptop?«, fragt Joshua.

»Ja.«

»Hast du einen Kameraschutz angebracht?«

»Ach, ich Esel«, stöhnt Natascha.

Kurz darauf erscheint auf dem Bildschirm eine Frau mit langen dunkelblonden Haaren. Sie hat ein schönes Gesicht mit klaren Konturen und einen wachen Blick. Ihr Videobild ist sehr blau, als wäre ein Filter eingestellt.

»Das kommt davon. Ich habe mich mit meinem eigenen Cyber-Sicherheitswahn reingelegt.«

Ich lache freundlich.

»Ist mir auch schon passiert.«

Joshua schweigt gutmütig.

Natascha rückt etwas näher an die Kamera heran und fragt: »So, wer seid ihr beide?«

Ich räuspere mich.

»Ich heiße Damian und habe gerade mein Studium abgeschlossen. Allerdings habe ich nur studiert, um es hinter mich zu bringen. Jetzt kann ich machen, was ich will. Ich möchte Schriftsteller werden und gebe mir dafür mindestens ein Jahr Zeit. Oder so lange, bis es klappt. Ich glaube, dass ich dafür um mich herum ein paar Menschen haben sollte, die auch etwas Kreatives machen. Deshalb habe ich die Idee mit der Closerie gepostet.«

Ich lächle in die Kamera und hebe die Schultern ein wenig an.

»Tja, und da habt ihr beide euch gemeldet.«

Hinter mir räumt meine schwarze Katze einen Teller von der Arbeitsfläche, der krachend im Waschbecken landet.

»Ach so«, sage ich und richte die Webcam so aus, dass die Katze zu sehen ist, »das ist Falicia.«

Natascha seufzt.

»Ich habe auch ein Haustier, aber das ist tot.« Sie kippt ihren Laptop, sodass wir einen Hasen sehen können, der auf einer Ablage sitzt. Er hat schönes, weiches Fell.«

»Der sieht aber lebendig aus«, stelle ich fest.

»Ich habe ihn ausgestopft.«

Joshua fragt erstaunt: »Darf man das?«

»Keine Ahnung. Aber ich habe die letzten Jahre so viel gearbeitet, dass er verhungert ist. Wahrscheinlich. Und jetzt kann ich mich nicht von ihm trennen. Ich habe Schuldgefühle.«

»Oh«, sagt Joshua.

Natascha zuckt mit den Schultern und wechselt das Thema.

»Ihr wohnt nicht in Berlin, oder?«

»Ich wohne in Genf«, antworte ich.

Joshua hebt die Hand, als würde er sich melden: »Berlin.«

»Okay«, sagt sie. »Macht es euch etwas aus, wenn ich während unserer Gespräche esse? Meine Freundin ist vorhin aus Neapel zurückgekommen und hat mir feines Gebäck mitgebracht. Ich esse sowieso gerne immer wieder über den Tag verteilt. Es kann mich jederzeit überkommen.«

»Deinen Hasen hat es bestimmt auch manchmal überkommen«, sagt Joshua schmunzelnd.

Natascha beißt in das Gebäck. Sie hat seinen Kommentar wegen des Tütenraschelns wahrscheinlich nicht gehört.

»Erzähl mal was von dir«, sagt sie, nachdem sie den ersten Bissen fertig gekaut hat. »Joshua, oder?«

»Eigentlich heiße ich Johannes«, antwortet er. »Ich bin Informatiker, aber nur noch auf freiberuflicher Basis.«

»Oh, das ist gut. Dann haben wir jemanden, der sich auskennt, wenn mit unserem Live-Room hier mal was schiefgeht«, wirft Natascha ein.

Johannes lächelt ein wenig gezwungen.

»Ja, warum nicht.«

»Schreibst du?«, frage ich.

»Ja, aber ich schreibe keine Romane. Ich schreibe Gedichte. Seit ein paar Jahren. Mein erster Gedichtband ist vor vier Monaten erschienen.«

»Nicht schlecht«, sagt Natascha anerkennend.

Ich bin ebenfalls beeindruckt.

»Kann ich dich googeln?«

Er lacht. »Natürlich kannst du. Das ist ganz einfach«, antwortet er mit einem angedeuteten Zwinkern.

»Wonach soll ich suchen?«, sage ich gespielt hilflos.

»Joshua Vries«, antwortet er. »Der Gedichtband heißt ›Das Mädchen mit der Maroni‹ und ist im November erschienen.«

»Interessanter Titel.«

»Was ist eine Maroni?«

»Eine Esskastanie. Aber Maroni klingt irgendwie schöner.«

»Ihr schreibt beide«, sagt Natascha, »das kann ich nicht. Ehrlich gesagt, weiß ich gar nicht, welche künstlerische Begabung ich habe. Aber ich will es rausfinden. Im Moment habe ich das Bedürfnis, düstere Bilder zu malen. Wahrscheinlich wegen der letzten Jahre. Ich habe so viel gearbeitet.«

»Offensichtlich«, sagt Johannes, »dein Hase ist verhungert.«

Sie nickt traurig.

»Ist Joshua Vries dein Künstlername?«

»Ja. Mir wäre es lieber, wenn ihr mich mit meinem richtigen Namen, also Johannes, ansprechen würdet.«

»In Ordnung«, sage ich, »was meint ihr? Schaffen wir es, uns täglich hier zu treffen? Jeden Nachmittag in der ›Closerie‹?«

Johannes nickt.

»Von mir aus ja. Ich bin selten woanders und ich arbeite zurzeit an ein paar Gedichten. Über etwas Gesellschaft dabei würde ich mich freuen.«

Natascha streckt sich und dehnt ihre Armmuskulatur: »Ja, für mich wäre das auch ganz wunderbar. Ich bin gerade im Buy-out, meine Firma ist verkauft. Das heißt, ich muss im Moment gar nichts. Ich werde die Kamera ab dem frühen Nachmittag anmachen und dann bin ich da oder gehe weg und komme wieder. Ich bin auf jeden Fall online.«

»Schön«, sage ich. »Bei mir ist es ähnlich. Die Nachmittage sind sowieso alle frei. Nur abends muss ich öfter weg.«

»Uhh«, sagt Natascha, »du Hübscher bist ja wohl nicht in einem unredlichen Gewerbe aktiv.«

Ich werde rot.

»War nur Spaß. Mit deinem Bürstenschnitt und dem beigen Pullover gehst du wohl eher zu Fachvorträgen oder in den Irish Pub.«

»Natürlich«, sage ich gespielt brav, »was anderes käme mir nicht in den Sinn.«

»Dann«, sagt Johannes, »tauschen wir uns hier künftig über das Schreiben aus, und Natascha findet heraus, was sie machen möchte.«

»Ihr dürft mich gerne inspirieren.«

»Gut, wollen wir gleich morgen anfangen?«

»Ja, ich gehe in der Zwischenzeit in mich. Aber wahrscheinlich läuft es sowieso aufs Malen hinaus.«

»Hast du als Kind gerne gemalt?«, fragt Johannes.

»Ja, sehr gerne.«

»Dann könntest du ja zumindest ausprobieren, ob es dir noch Spaß macht.«

»Ich schau mal.«

»Also, bis morgen?«, frage ich.

»Bis morgen, ihr Lustigen«, sagt Natascha und winkt in die Kamera.

2

Der Wecker hat bestimmt eine Stunde lang geklingelt. Damian schiebt die Decke ein Stück von sich runter und öffnet langsam die Augen. Die wohlige Wärme der aufgebauschten Daunendecke tut gut. Unter ihr ist es dunkel und behaglich. Es ist die Höhle, in der Damian jede Nacht versinkt, als wäre sie sein einziger Schutz. Tagsüber macht Damian einen großen Bogen um das Bett. Auch nachts kann er sich lange nicht überwinden. Erst wenn er sich hineinlegt – weil er erschöpft ist oder weil er am nächsten Tag fit sein muss –, umschließt ihn die geliebte Behaglichkeit wieder. Er ist froh, wenn er sich am Abend ins Bett legen muss, wenn ihn irgendetwas dazu zwingt.

Er blickt sich um, die Sonne scheint in sein Schlafzimmer. Er schließt praktisch nie die Läden, weil er es nicht mag, nicht zu wissen, wo er ist und wie es draußen aussieht. Langsam bewegt er sich aus dem Bett. Er stellt beide Füße nebeneinander auf den Boden und spürt den Temperaturunterschied. Er stützt sich mit beiden Händen auf der Matratze ab und drückt seinen Körper nach oben. Er geht zum Fenster und lehnt seine Stirn gegen die kalte Scheibe. Dann hebt er den Arm zum Griff und öffnet das Fenster. Kühle Frühlingsluft strömt herein und klärt seine Sinne.

Wenn er morgens so aufsteht, fühlt er sich wie ein alter Mann. Langsam und schwerfällig. Wenn er später geduscht und seine Haare in Form gebracht hat, wird er für die anderen und für sich selbst wieder jener attraktive 25-Jährige sein, der viele Blicke auf sich zieht. Er ist zwar etwas knabenhaft, aber elegant gewachsen. Durch die Art, wie er seinen Körper bewegt und wie sein Blick Leidenschaft versprüht, strahlt er eine sexuelle Energie aus, die er sich selbst nicht erklären kann.

Wenn er das Haus verlässt, spürt er die Blicke auf seinem Gesicht und auf seinem Körper. Als wäre sein Körper interessanter als der von anderen. Als wäre sein Gesicht etwas Besonderes. Nüchtern betrachtet sieht er sehr durchschnittlich aus, und wenn er diese Ausstrahlung nicht hätte, würde sich niemand daran erinnern, ihm jemals begegnet zu sein. Er ist groß und sportlich, hat feines, hellbraunes Haar und ein symmetrisches Gesicht, so wie man sich einen typischen amerikanischen Elitestudenten vorstellen könnte. Er kleidet sich klassisch elegant. Schlichte Hosen und einfarbige Pullover aus feinen Naturmaterialien – in bordeauxrot oder kamelhaarfarben. Manchmal auch dunkelblau. Obwohl ihm dunkle Farben ausgezeichnet stehen, trägt er lieber Farben, die ihn brav wirken lassen. Ein Hemd trägt er nur, wenn eine Frau ihn darum bittet, wenn er zu einem Anlass geladen ist, zu dem die anderen in *Black tie* erscheinen. Für solche Fälle besitzt er auch einen Anzug, aber niemals würde er einen Smoking anziehen. Darin würde er sich mit seiner junkerhaften Erscheinung und der sexuellen Energie wie ein Spielzeug der High Society fühlen.

Seitdem er das Studium abgeschlossen hat, hat er das Zeitgefühl verloren. Ein Tag folgt auf den anderen. Eine Stunde auf die andere. Minute für Minute. Das Leben ist pur und einsam. Es fühlt sich an, als würde er jeden Tag auf den offenen Ozean hinausschwimmen. Keine engen Bahnen oder vorgegebenen Ziele. Ein Gefühl grenzenloser Freiheit. Nichts, nur das Wasser, seine Schwimmbewegungen und der regelmäßige Atem. Nachts wird er wieder zurück an den Strand gespült. Er hält seinen Blick bis zum Schluss weit auf das offene Meer gerichtet und erst, wenn er mit der letzten Welle auf den Strand gespült wird, akzeptiert er, dass der Ausflug vorbei ist, und lässt sich in den Sand sinken.

Damian sucht nach einer Form, um seine Emotionen in Worte zu fassen. Genauso wie sein Schweigen und die unzähligen Bilder, die sich in ihm ansammeln. Die Eindrücke von den Menschen und Orten, wenn er unterwegs ist. Ihnen allen will er eine Form geben. Eine gemeinsame Form. Das Schreiben ist die einzige Form, die ihm geeignet erscheint, dem inneren Erleben Struktur und Kontur zu verleihen. Er kennt niemanden, der schreibt. Seine Freunde von der Uni sind alle auf irgendeine Art ausgeflogen. Sie haben angefangen, zu arbeiten, sich für ein weiterführendes Studium in einer anderen Stadt eingeschrieben oder sind auf Reisen. Keiner ist einfach geblieben, so wie er.

Seine ersten Schreibversuche waren kläglich, obwohl er beinahe jedes Mal den Flow spüren konnte. Bei jeder Geschichte, die er anfing, kam er nach zwanzig oder dreißig Seiten ins Stocken. Er realisierte, dass er nicht mehr zu erzählen hatte als das, was auf dem Papier vor ihm stand. Alle Bilder und Gefühle zu der Geschichte waren erschöpft und der Textfluss kam zum Erliegen. Wie ein Zug, der auf einer Strecke abbremst und nicht mehr weiterfährt. Er schaffte es nicht, den Zug wieder zum Rollen zu bringen. Die Geschichten brachen ab. Der Stapel Notizbücher mit seinen gescheiterten Romanversuchen liegt neben dem Schreibtisch im Regal.

Trotz des Scheiterns geben ihm diese Versuche ein Gefühl von Macht. Er kann schreiben. Er muss nur noch rausfinden, wie er über die ersten Kapitel hinauskommt und der Zug so viel Schwung erhält, dass er von ganz allein rollt und an seinem Zielort eintrifft. Auch wenn Damian nicht weiß, wie dieser Zielort aussieht oder beschaffen ist.

Wenn er nicht schreibt, liest er. Er liebt die amerikanischen Autoren der ersten Hälfte des 20. Jahrhunderts. Ihre Sprache, ihre Leben. Wie sie zusammengekommen sind in den Bars von Paris in den 1920er-Jahren. Wie inspirierend dieser Austausch gewesen sein muss. Trinken mit Menschen, die dieselben Ziele haben wie du, und mit ihnen darüber reden, wie man es schafft. Ernest Hemingway, F. Scott Fitzgerald, Henry Miller, James Joyce und all die anderen.

Eines Nachts hat er auf Instagram ein Schwarz-Weiß-Bild von einem gut besuchten Restaurant aus dem Paris der 1920er-Jahre gepostet und dazu geschrieben, dass er andere Kreative sucht, die sich mit ihm virtuell über ihre Arbeit austauschen wollen.

Am nächsten Morgen hat sich Johannes bei ihm gemeldet. Am Abend dann Natascha. Das war vor ungefähr drei Tagen. Gestern sind sie das erste Mal zusammengekommen.

3

Natascha hat die Kamera eingeschaltet. Es ist bald 13 Uhr. Von den anderen ist niemand da, aber bei Johannes läuft auch bereits die Kamera. Natascha blickt auf eine lang gezogene Küche, die auf einen Balkon zuläuft. Rechts ist die eigentliche Küchenfront mit Herdplatten, Spülbecken und Kühlschrank zu sehen. Die Kamera auf dem Küchentisch ist so positioniert, dass Natascha im Hintergrund den Balkon und links ein kleines Regal sieht. Gestern stand auf diesem Regal nichts. Heute stehen dort ein paar Flaschen und ein Gestell aus Silber. Es könnte so ein altertümliches Gestell zum Einschenken von Wein sein. So genau kann Natascha das nicht erkennen. Das Bild ist etwas unscharf. Bei den Flaschen handelt es sich aber höchstwahrscheinlich um Wein- oder Whiskeyflaschen.

Jetzt hört Natascha, wie die Tür zur Küche geöffnet wird. Sie fährt sich durch die Haare und geht mit dem Kopf ein Stück nach hinten, damit es nicht so aussieht, als ob sie das Kamerabild genau studiere. Rechts im Bild geht ein Mann zum Wasserhahn und füllt ein Glas auf. Wahrscheinlich ist es Johannes. Als er zurückgeht, wirft er aus den Augenwinkeln einen kurzen Blick auf den Computer, der auf dem Tisch steht. Er entdeckt Natascha, die ihn freundlich anlächelt, zieht den Stuhl vor dem Computer zurück und setzt sich hin.

»Hi, Natascha«, sagt er erfreut.

»Hallo, hallo«, antwortet Natascha.

»Damian ist noch nicht da, oder?«

»Sieht nicht so aus«, antwortet sie.

»Okay.«

Einen kurzen Moment herrscht Stille.

»Was treibst du so?«, fragt sie dann.

»Ich? Ja, ich habe gerade ein paar Zeilen geschrieben und dann ist mir nichts mehr eingefallen«, sagt er und zuckt mit den Schultern.

Sie weiß nicht, was sie darauf antworten soll.

»Hm.«

»Und du? Woran arbeitest du zurzeit?«

Auf dem Bildschirm poppt ein weiteres Fenster auf. Damian erscheint, perfekt frisiert und freundlich lächelnd.

»Hallo zusammen«, sagt er, »ich hatte noch gar nicht mit euch gerechnet.«

»Wir auch nicht mit uns«, antwortet Natascha.

»Ja«, sagt Johannes und schmunzelt, »wir sind uns hier sozusagen zufällig begegnet.«

»So soll es doch sein«, sagt Damian. »Wenn man Lust hat, geht man in die Closerie und trifft dort die anderen. Und wenn nicht, kann man die Zeit nutzen, um ein bisschen zu arbeiten.«

»Genau«, sagt Johannes. »Damit diese zufälligen Begegnungen möglich sind, werde ich mich ab sofort im Laufe des Morgens einloggen und die Kamera laufen lassen.«

»Das kann ich leider nicht«, sagt Natascha, »ich habe einen Untermieter, der gerne in der Küche frühstückt und erst gegen Mittag zur Arbeit geht. Aber ab Mittag bin ich auch dabei.«

»Wir können es ja flexibel handhaben«, sagt Damian, »jeder kann sich zu jeder Tageszeit anmelden. Vielleicht begegnet er jemandem, vielleicht auch nicht. Nur am Nachmittag wäre es schön, wenn wir uns regelmäßig hier treffen.«

»Einverstanden«, sagt Natascha. Auch Johannes nickt.

»Wie läufts bei euch?«, fragt Damian.

Natascha antwortet für sie beide: »Johannes hatte bereits den ersten kreativen Schub, ist dann aber stecken geblieben. Ich habe nur ein paar alte Wasserfarben sortiert und gegoogelt, was ich für Material kaufen muss.«

»Und bei dir?«, fragt Johannes.

Damian zögert.

»Noch nichts Großartiges«, sagt er. »Ich habe meine Romananfänge durchgeschaut und überlegt, warum ich jeweils gescheitert bin.«

»Wie viel hast du denn bisher geschrieben?«, fragt Johannes.

»Es sind vier Versuche, alles zusammen vielleicht 140 Seiten.«

Johannes nickt.

»Mach dir keinen Kopf, das ist noch nichts. Ich habe ganze Notizbücher voll mit Gedichten, die nicht zur Veröffentlichung taugen.«

»Wirklich?«

»Ja. Das ist völlig normal. Man muss sich das Schreiben erst mal selber beibringen. Die Kunst besteht darin, einfach immer wieder von vorne anzufangen. So lange, bis es klappt.«

»Ist gut. Ich hab noch Motivation.«

»Dafür demotiviert ihr mich, bevor ich überhaupt angefangen habe«, sagt Natascha. »Ich hoffe, dass ich nicht erst mal fünfzig Bilder für den Abfall produzieren muss.«

»Das kommt ganz darauf an, was die Zielsetzung ist«, entgegnet Johannes. »Willst du vom Malen leben können? Dann musst du dich schon darauf einstellen.«

»Ach so, nein. Ich habe meine Firma ja verkauft.«

»Dann hast du keinen Druck.«

»Ja, aber ich produziere trotzdem nicht freiwillig etwas für den Abfall.«

Damian und Johannes lachen.

»Warum nicht?«, fragt Damian.

»Weil es keinen Sinn ergibt«, antwortet sie spitz. »Du hast auch noch nie richtig gearbeitet, oder?«

Damian weicht der Frage aus und zeigt mit dem Finger auf den Bildschirm: »Was sind das für Flaschen hinter dir, Johannes? Die waren gestern noch nicht da, oder?«

»Was?«, fragt er. Er notiert sich gerade etwas.

»Die Flaschen hinter dir«, wiederholt Damian.

»Ach ja«, sagt Johannes, »das soll ambientalen Charakter haben.«

Natascha und Damian schauen ihn fragend an.

»Ich habe nachgelesen zu der Closerie, die du beschrieben hast in deinem Post. Die Bar hat es ja wirklich gegeben in Paris. Und wenn wir das Flair auch wollen, brauchen wir ein paar Flaschen Wein und Schnaps. In unseren Küchen sieht es nicht gerade aus wie in einer American Bar im Paris der 1920er-Jahre.«

»Stimmt«, sagt Natascha, »aber immerhin sind bei mir die Küchenstühle gepolstert und mit weißem Leder überzogen.«

»Das ist mir gestern aufgefallen«, sagt Damian, »ich finde, das sieht grandios aus. Aber ihr habt auf jeden Fall recht, wir sollten ein bisschen am Ambiente arbeiten. Allerdings trinke ich nicht gerne, mir ist es also recht, wenn die Flaschen bei dir stehen.«

»Was ist mit Designerdrogen?«, fragt Natascha.

Johannes sagt gelassen: »Ist uns recht, wenn die bei dir liegen.«

»Ich überleg mir was für meine Küche«, sagt Damian. »Ich muss mich leider ausklinken für heute. Wir sehen uns morgen wieder hier.«

Johannes und Natascha sitzen sich nun allein gegenüber.

»Der ist noch jung«, sagt sie.

»Ja«, antwortet Johannes, ohne dass es nach Zustimmung klingt.

»Aber interessant«, sagt sie.

»Ja«, sagt Johannes wieder neutral.

Es entsteht Schweigen.

»Ist es dir recht, wenn ich hier sitzen bleibe und weiter an meinem Gedicht schreibe?«, fragt Johannes.

»Natürlich«, antwortet Natascha, »soll ich mich ausloggen?«

»Nein«, sagt Johannes und zögert. »Über ein bisschen Gesellschaft ... würde ich mich freuen. Du kannst ja etwas anderes machen und die Kamera laufen lassen.«

»Was meinst du mit ›etwas anderes?‹«, fragt sie irritiert.

»Malen?«, antwortet er. »Oder was dir Spaß macht. Zeichnen oder so?«

»Ah so«, antwortet Natascha. »In Ordnung. Ich bleibe hier sitzen und bestelle mir Farben, Pinsel und Leinwand.«

»Sollte man so etwas nicht in einem Laden kaufen?«, fragt Johannes ein wenig schüchtern.

»Ach«, antwortet Natascha, »ich habe keine Ahnung von den Materialien. Die könnten mir dort alles aufquatschen. Da kann ich auch zu Hause bleiben und ein bisschen recherchieren.«

»Wieso gehst du davon aus, dass sie dir in einem Laden etwas aufquatschen? Die wollen doch, dass du wiederkommst, oder?«, fragt Johannes verwirrt.

»Ist es nicht das Ziel von Verkäufern, einem möglichst etwas aufzuschwatzen? Ich finde es ja auch schöner, in einen Laden zu gehen. Aber woher soll ich wissen, dass die mir keinen Unsinn erzählen, was man angeblich braucht.«

Johannes fällt nicht sofort eine Antwort ein.

»Ich fände es jedenfalls besser, wenn du in einen Laden gehst und dich beraten lässt. Du musst ja nichts kaufen, wenn du das Gefühl hast, dass sie dir nur etwas andrehen wollen. Aber du wirst zumindest etwas erfahren über Papier und Farben.«

Natascha seufzt resigniert.

»Na gut, ich gehe in einen Laden, aber wo rege ich mich hinterher auf, wenn es so kommt, wie ich befürchte?«

»Ich bin hier, wenn du zurückkommst. Und ich werde dir gerne zuhören«, sagt Johannes und hält drei Finger zum Schwur hoch.

»Alles klar«, sagt Natascha und formt ihre rechte Hand zu einem Peace-Zeichen. »Bis gleich. Ich lasse die Kamera laufen.«

4

Natascha schließt die Wohnungstür auf. In beiden Händen hat sie Einkaufstaschen. Sie wirft die Tür mit einem Fuß zu und geht in Richtung Küche. Durch die Tür hört sie Geräusche von klapperndem Geschirr.

»Und ich dachte schon, Kyle wäre früher nach Hause gekommen«, sagt Natascha, als sie Johannes auf dem Bildschirm sieht. »Auf dem Gang hört es sich so an, als wäre jemand in meiner Küche am Kochen.«

Johannes wirft ihr einen Blick über die Schulter zu.

»Bin gleich da. Muss das hier nur noch in die Schale füllen und durchrühren.«

»Ja, kein Stress«, sagt Natascha. Sie stellt die Taschen ab und zieht ihre Jacke aus. »Ich brauche auch noch einen Moment.«

Als sie sich ein paar Minuten später vor dem Bildschirm treffen, hat Johannes eine dampfende Schüssel Suppe vor sich auf dem Tisch stehen.

»Hast du jetzt so schnell gekocht?«, fragt sie und zeigt auf die Schüssel.

»Du warst zwei Stunden weg«, antwortet er, »ich habe mein Gedicht schon fertig geschrieben.«

»Wow«, sagt sie, »ist das Ramen-Suppe? Da hätte ich jetzt auch Lust drauf.«

»Es ist noch jede Menge im Topf. Soll ich dir etwas durch den Bildschirm reichen?«

»Das wäre genial«, antwortet Natascha. »Mh, Nudel-suppe, sie riecht bestimmt sehr lecker.«

»Sehr. Wieso gibts am Computer eigentlich keine Geruchsübertragung?«

»Oh, bitte keine Businessideen. Sonst gründe ich heute Abend noch eine Firma«, sagt Natascha jam-mernd.

»Was würde dagegen sprechen?«, fragt Johannes.

»Ich habe Innovations-Burn-out.«

Johannes lacht leise und angelt mit Stäbchen nach Nudeln in seiner Suppe.

»Ernsthaft«, sagt Natascha, »wenn ich in den nächs-ten Wochen einen Menschen sehe, der irgendwas erfindet, dann bewerfe ich ihn.«

»Womit?«

»Was gerade zur Hand ist«, sagt Natascha und lacht ein wenig. »Ehrlich, ich glaube, es ist völlig in Ordnung, wenn die Welt mal einen Moment so bleibt, wie sie ist. All diese Start-ups, all diese Gründer, all dieser Müll, der tagtäglich produziert wird. Und dann diese Coworking-Spaces.« Nataschas Stimme wird lauter. »Coworking-Spaces«, wiederholt sie fassungslos.

»Aber das Schlimmste ist etwas anderes. Das Schlimmste ist dieser Hype. Er ist überall. Er infiltriert alles. Es ist wie eine Religion, es macht einem Angst.«

Johannes stellt die Schüssel zur Seite und stützt die Ellbogen vor sich auf den Tisch.

»Du warst in den letzten Jahren Teil dieser Welt, oder?«

Sie blickt in die Kamera und nickt.

»Auf eine Art war es die beste Zeit meines Lebens. Es war aufregend und hat sich so real angefühlt. Die Begeisterung, die Höhen und Tiefen. Dann wachst du eines Tages auf, du hast dein Start-up verkauft, und dann stellst du fest, dass dein Hund tot ist.«

»Hast du etwa auch noch einen Hund auf dem Gewissen?«, fragt Johannes.

»Das mit dem toten Tier ist eine Metapher« sagt Natascha und winkt ab.

»Aber dein Hase ist gestorben?«

»Ja«, sagt Natascha, »verhungert, wie gesagt.«

Sie blickt wieder traurig in die Kamera.

»Aber es könnte auch etwas anderes sein, das stirbt.«

Johannes antwortet nicht sofort.

Als er sieht, dass Natascha den Kopf zur Seite gedreht hat und mit den Tränen kämpft, fragt er: »Möchtest du stattdessen über dein Einkaufserlebnis sprechen?«

Sie schüttelt den Kopf.

»Es war gut. Aber jetzt muss ich mich hinlegen und ein bisschen traurig sein.«

Er nickt verständnisvoll.

»Wenn ich irgendwas für dich tun kann«, sagt er, »ich bin den ganzen Abend hier. Und wenn du willst, schicke ich dir auch noch Nudelsuppe per Fahrradkurier.«

»Das ist lieb«, sagt Natascha, »ich gehe jetzt erst mal.«

Damian läuft die Rue Lausanne entlang, die aus Genf heraus zu dem kleinen Dorf führt, in dem er wohnt. Tränen strömen über sein Gesicht. Obwohl es bereits Frühling ist, fühlt sich die Luft noch kühl an. Er hat einen Mantel aus feiner Wolle um sich geschlungen. Es ist Sonntagmorgen, sehr früh.

Damian hat beide Hände in seine Manteltaschen vergraben und läuft mit schnellem Schritt. Die Tränen laufen ihm über das Gesicht und er versucht nicht, sie wegzuwischen. Sein Blick sucht die Straße vor ihm ab. Niemand ist unterwegs. Nicht auf dem Bürgersteig vor ihm und auch nicht auf der anderen Straßenseite. Zwei- bis dreimal pro Minute fährt ein einzelnes Auto an ihm vorüber. Die Straße führt am See entlang, an Häusern und kleinen Dörfern vorbei. In seinem edlen Mantel fühlt er sich wie ein Alien an diesem Morgen. Er wundert sich immer darüber, wie Kleidung, die am Abend gerade als elegant genug gilt, am nächsten Morgen schon fast lächerlich overdressed wirken kann. Als würde man sich über den Tag immer mehr in eine Eleganz hineinsteigern, die im Laufe der Nacht oder mit dem Anbruch der Morgendämmerung ihre Wirkung verliert und nur noch aussieht wie ein Kostüm, wie eine dämliche Verkleidung.

Er ist bereits fünf oder sechs Kilometer gelaufen. Langsam klettert die Sonne empor und ihr gleißendes Frühjahrslicht fällt auf Damians Gesicht. Er hätte ein Taxi nehmen oder einen Roller mieten können, aber er hat das Bedürfnis, sich nüchtern zu laufen. Wegen all der Emotionen, die heute in aller Frühe über ihn hereingebrochen sind. Die Nacht war traumatisch, wie viele der Nächte, in denen er arbeitet. Aber es ist nicht nur der Schmerz dieser Nacht, der ihn übermannt. Es ist ein Gemisch akuter Emotionen. Nicht alle fühlen sich an, als würden sie zu ihm gehören. Es sind zusätzliche Emotionen, die ihn unerwartet durchschütteln und in besonders schlechten Momenten in die Knie zwingen oder auf den Boden drücken. Damian weiß nicht, wessen Emotionen es sind, die ihn in solchen Momenten überraschen.

Er hat inzwischen aufgehört, zu weinen, und lässt langsam seine angespannten Schultern sinken. Das Haus, in dem er wohnt, ist nur noch wenige Meter entfernt. Er nimmt den Schlüssel aus der Tasche, geht durch den Vorgarten und schließt die Haustür auf. Im zweiten Stock ist seine Wohnung. Als er endlich in das ersehnte warme Zuhause tritt, schließt er leise die Tür hinter sich. Er setzt sich auf den Stuhl, der an seinem Schreibtisch vor dem Fenster steht, und atmet tief durch.

Nach einer Weile steht er auf, zieht seinen Mantel aus und legt ihn im Eingangsbereich über einen Hocker. Dann geht er in die Küche und kocht sich einen Tee. Er setzt sich wieder an den Tisch und beginnt zu schreiben.

»Ist heute Sonntag?«, fragt Natascha.

»Ja«, antwortet Johannes.

»Was ist mit unserem hübschen Dritten im Bunde passiert? Gestern hat er sich so früh ausgeklinkt, heute kommt er erst gar nicht.«

»Ich weiß nicht«, antwortet Johannes, »ich hab ihn angeschrieben, aber noch keine Antwort erhalten.«

»Meinst du, es geht ihm nicht gut?«

Johannes zuckt mit den Schultern. »Wahrscheinlich schläft er noch.«

»Es ist 16 Uhr«, sagt Natascha, »und der Kleine trinkt nicht einmal Alkohol.«

»Sagt man nicht, dass junge Menschen mehr Schlaf brauchen?«, fragt Johannes mit einem Zwinkern.

»Wir fragen ihn, wenn er auftaucht«, antwortet sie.

»Ich kann euch hören, ihr Charmeure«, ertönt eine Stimme durch den Computer.

»Huch«, sagt Johannes sichtlich überrascht.

Dann erscheint Damians Videobild. »Babys brauchen viel Schlaf, das stimmt. Aber ich bin fünfundzwanzig. Trotzdem danke, dass ihr euch um mich sorgt.«

Natascha schaut schmollend in die Kamera.

»Tut mir leid«, sagt sie. »Ich bin noch in der Resozialisierungsphase. Bei der Arbeit hatte ich es selten mit sensiblen Menschen zu tun.«

»Wirklich?«, fragt Johannes. »Wo sind denn dann all die sensiblen Menschen?«

»Zumindest zeigt es niemand bei der Arbeit. Alle sind aufs Wesentliche konzentriert und hart im Nehmen. Zumindest ist es das, was jeder zeigen möchte«, sagt Natascha.

»Habt ihr gestern noch weitergemacht?«, fragt Damian, um das Thema zu wechseln.

»Ja«, antwortet Johannes. »Ich habe mein Gedicht fertig geschrieben und Natascha war in einem Kunstgeschäft.«

»Ich habe gestern alles gekauft, was ich brauche zum Malen«, sagt Natascha. »Aber nachher haben mich die Emotionen überrannt und der Rest des Abends war nur noch gut zum Weinen und Netflixen. Aber heute will ich anfangen mit den Farben.«

Damian denkt an seine eigene Tränenepisode vom Morgen. »Tränen können vielleicht auch ein guter Ausgangspunkt für kreative Arbeit sein«, sagt er nachdenklich.

»Du meinst, ich soll mir den Pinsel schnappen, wenn ich das nächste Mal traurig bin?«, fragt Natascha.

»Am Anfang sind Emotionen nicht schlecht«, sagt Johannes, »aber ich bin mit der Zeit davon weggekommen.«

»Ich werde es nächstes Mal ausprobieren«, sagt Natascha.

»Hast du heute was geschrieben, Damian?«, fragt Johannes.

»Ja«, antwortet Damian, »ja.«

»Ging es dir leichter von der Hand?«

»Schon, aber ich habe keine Ahnung, ob es was taugt.«

»Das weiß ich auch nie.«

»Ich habe mich heute Morgen übrigens auch mal schlaugemacht zu dieser Closerie in Paris«, sagt Natascha dazwischen. Sie hat die Tendenz, dem Gespräch immer wieder einen neuen Ausgangspunkt zu geben, wenn es sich ein wenig von ihr entfernt. »Ich finde, Damian könnte Hemingway sein, Johannes Ezra Pound, und ich würde die Rolle von Gertrude Stein übernehmen.«

»Ich will nicht Ezra Pound sein, der hat Faschisten unterstützt«, sagt Johannes.

Natascha tippt etwas in den Computer und überfliegt einen Text: »Wie wäre es mit T. S. Eliot?«

»Ich denke darüber nach.«

Damian schaltet sich ein: »Ich bin auch nicht glücklich. Hemingway ist mir etwas zu hoch gegriffen.«

»Aber damals war er ja noch gar nicht erfolgreich.«

»Dann möchte ich erst recht nicht Hemingway sein.« Johannes lacht.

»Wer war denn Gertrude Stein?«, fragt er Natascha.

»Oh, ich sehe gerade, dass sie Schriftstellerin war. Ich suche mir eine andere Patin, eine Malerin.«

»Es gibt keine Kunstform, die in Paris in den Zwanzigerjahren nicht vertreten war«, sagt Damian. »Wieso gibt es heute so etwas nicht mehr?«

»So ein Kulturzentrum?«, fragt Johannes.

»Doch«, entgegnet Natascha. »Wenn man angehender Musiker ist, geht man nach London. Alle anderen kommen nach Berlin.«

»Dann habt ihr einen kreativen Austausch mit den Leuten bei euch in der Stadt?«

»Also ich eher nicht«, antwortet Johannes. »Aber das liegt vielleicht auch daran, dass ich eher sozialphobisch bin und meine Freunde mehrheitlich Informatiker sind. Ich habe nur einen Freund, der auch schreibt – bisher vor allem Kurzgeschichten, und zurzeit arbeitet er an seinem ersten Roman.«

»Hm«, sagt Natascha. »In meinem Umfeld sind schon einige kreativ. Sie malen Bilder und posten Fotos davon auf Instagram, mit dem Hashtag #toomanyhobbies. Bei Partys redet man dann kurz drüber, dass man malt oder so. Aber so sophisticated wie in dieser Closerie in Paris geht es sicher nicht zu.«

»Dort saßen aber sicher auch immer wieder Leute mit am Tisch, die überhaupt keine Ahnung hatten«, gibt Johannes zu bedenken, »auch wenn die Künstlerdichte sehr hoch war.«

»Da fällt mir gerade noch ein Grund ein, warum ich nicht Hemingway sein kann«, sagt Damian. »Es wäre unmenschlich, von irgendjemandem zu verlangen, so viel zu trinken wie er – mich eingeschlossen.«

»Wieso trinkst du eigentlich nicht?«, fragt Natascha.

»Weil es blöd macht«, antwortet Damian.

»Das kommt ganz auf die Menge drauf an«, widerspricht Natascha.

»Auf die Menge kommt nur an, *wie* blöd es macht. Aber blöd macht jede beliebige Menge«, sagt er kopfschüttelnd.

»Das stimmt doch nicht.« Es ist Nataschas Stimme anzuhören, dass sie sich über Damian ärgert.

»Wieso regst du dich darüber auf, dass er keinen Alkohol trinkt?«, fragt Johannes.

»Ich weiß nicht. Mir waren Menschen, die nicht trinken, schon immer suspekt. Die sind oft sehr resolut und neigen zum Fanatismus.«

»Aha«, sagt Johannes.

»Man kann nicht immer nur ernst sein und sich weiterbilden. Du musst auch mal unter Leute. Wann warst du das letzte Mal auf einer Party?« Je nachdem, wo Nataschas Augen auf dem Bildschirm verharren, wissen die anderen, wen sie mit ihrer Frage meint.

»Gestern«, antwortet Damian.

»Auf einer Studentenparty?«, fragt Natascha gereizt.

»In einem Nachtclub, mit lebensgroßen Champagnerflaschen und talentierten Tänzerinnen aus aller Welt.«

»Und du hast Gummibärchensaft getrunken?«, fragt sie belustigt.

»Tonic ohne Gin«, antwortet er.

»Trinkt man im Club nicht Cola, wenn man keinen Alkohol will?«, fragt sie.

»Nachts Cola zu trinken wäre Stilbruch.«

»Ah.« Natascha weiß nicht, was sie darauf antworten soll.

In die entstandene Stille hinein sagt Damian: »Mich hat gestern noch jemand kontaktiert, der auch Mitglied unserer Closerie werden möchte. Ist das für euch in Ordnung?«

»Oh«, stöhnt Johannes.

Damian schaut verdutzt auf die Seite vom Bildschirm, auf der er Johannes sieht.

»Ach nein, ist schon gut«, sagt Johannes beschwichtigend. »Ich hatte euch ja vorher gesagt, dass ich nicht so der soziale Typ bin. Jetzt habe ich mich gerade an euch beide gewöhnt und dann kommt schon eine neue Person dazu.«

Natascha lacht hell auf.

»Du bist ja einer.«

Damian kann ein Schmunzeln auch nicht unterdrücken.

»Also soll ich ablehnen?«

Johannes zuckt mit den Schultern.

»Macht, was ihr wollt.«

»Come on«, ruft Natascha und verdreht die Augen.

Damian muss wieder lachen.

»Wir müssen uns ja nicht heute entscheiden. Ich werde euch in den nächsten Tagen noch einmal fragen.«

»Alles klar«, sagt Johannes. »Ich versuche, mich in der Zwischenzeit an den Gedanken zu gewöhnen.«

»Sehr gut«, sagt Natascha. »Ich weiß nicht, wie es euch geht, aber ich werde jetzt malen.« Dann steht sie auf und läuft aus dem Bild.

»Ich leg auch los«, sagt Johannes und nickt Damian zu. Dann angelt er sich mit ausgestrecktem Arm einen Stift und ein Notizbuch von der anderen Seite des Küchentisches.

Damian schaltet das Mikrofon aus und dreht den Laptop so, dass die anderen den Ausblick aus seinem Küchenfenster sehen. Er legt sich aufs Bett, um zu lesen, aber nach ein paar Seiten schläft er ein.

7

Als Damian am späten Abend aufwacht und wieder in die Küche geht, sieht er seinen noch immer zum Fenster gedrehten Laptop. Er setzt sich auf den Hocker neben dem Tisch und zieht den Laptop zu sich herüber, um ihn auszuschalten. Wie es aussieht, haben Natascha und Johannes die Kamera auch vergessen. In der Küche von Natascha erkennt er Bewegungen. Als er näher an den Bildschirm herangeht, sieht er, dass es zwei fast nackte Menschen sind. Eine Frau mit langen, schwarzen Haaren hat einen knappen Slip an und ein dunkles Top, dessen Träger verschoben sind. Der Mann schiebt das Top weiter herunter.

Damian fährt mit der Maus über den Bildschirm und schaltet seine Kamera aus. Dann setzt er sich auf dem Hocker ein Stück zurück und schaut weiter zu.

Der Mann hat die Frau nach hinten auf die Arbeitsfläche gezogen und küsst ihren Körper. Sie befreit sich aus seinem Griff, richtet sich auf und zieht ihn ganz aus. Sie stellt sich hinter ihn, sodass er mit seinem erigierten Penis an die Arbeitsplatte stößt, und streicht ihm über den Rücken. Sie drückt mit einer Hand seinen Oberkörper leicht nach unten; mit der anderen Hand greift sie ihm von hinten zwischen die Beine und fährt ein paar Mal schnell auf und ab. Der Mann stöhnt leise. Als sie kurz von ihm ablässt, dreht er sich um und zieht ihren

Slip nach unten. Sie streift ihren verrutschten BH ab und zieht ihn näher zu sich heran. Als ihre Lippen sich beinahe berühren, drückt sie seinen Kopf etwas tiefer und steckt ihm eine Brustwarze in den Mund. Er leckt an ihrer Brust; dann geht er ein Stück zurück.

»Wir brauchen einen Dildo«, sagt er atemlos.

Damian schließt die Anwendung.

»Wie uninteressant«, sagt er laut und schüttelt energisch den Kopf, »wozu braucht der Typ jetzt einen Dildo?«

Er steht auf und öffnet das Fenster. Die kühle Nachtluft ist angenehm. Er hört Glockenläuten, die Turmuhr schlägt Mitternacht. Damian ist müde, obwohl er gerade erst ein paar Stunden geschlafen hat. Aber er kann sich nicht schon wieder ins Bett legen. Zu schlafen bedeutet für ihn, nicht zu sehen. Das macht es so unangenehm, obwohl es sich eigentlich so gut anfühlt. Schlaf ist unkontrolliert, ist freier Fall. Warum muss der Mensch so etwas tun? Er geht von der Küche hinüber in das einzige Zimmer der Wohnung. Er zieht eine mit bunten Papageien bedruckte Box hervor, in der Haschisch liegt – und Schlaftabletten. Er schaut zwischen beidem hin und her und kann sich nicht entscheiden. Er nimmt die Packung Tabletten in die Hand, dann legt er sie zurück in die Box.

»Heute kiffen«, sagt er zu sich selbst.

Er befüllt einen Vaporizer und erhitzt den Stoff. In der Zwischenzeit schließt er das Fenster und zieht sich aus. Dann legt er sich mit dem Vaporizer ins Bett und nimmt ein paar Züge. Er schaut die Decke an, die sich nach ein paar Minuten anfängt zu verformen. Er lacht glücklich. Diese Art von Kontrollverlust ist die einzige, die sich gut anfühlt. Sie ist sein Freund.

Dann schläft er wieder ein.

8

Johannes kocht. Die Kamera läuft, aber das Mikrofon hat er abgestellt. Er gießt Spaghetti ab, und in der Pfanne brät Broccoli mit Knoblauch und Schafskäse.

Es ist dunkel draußen, obwohl es schon Mittag ist; es regnet und stürmt in Berlin. Er hat das Licht angemacht, und zusammen mit dem warmen Dampf vom Essen erzeugt das eine gemütliche Atmosphäre wie in einer Berghütte an einem grauen Herbsttag. Mittags und abends zu kochen sind seine einzigen beiden Fixpunkte am Tag. Allerdings kocht er nie zu einer festen Zeit, sondern dann, wenn er Hunger hat. Zeit spielt für ihn keine Rolle. Trotzdem hat es sich so eingependelt, dass er abends zwischen 11 und 12 schlafen geht und morgens zwischen 7 und 8 aufsteht. Der Morgen geht meistens sehr schnell vorüber. Vor allem, wenn er den Computer anmacht. Dann verfliegen plötzlich Stunden mit sinnlosem Geklicke und Gesurfe.

Deshalb versucht Johannes, jeden Tag zuerst etwas Kreatives auf Papier zu machen. Seitdem es die Closerie gibt, startet er den Computer zwar morgens, aber in der Küche. Er geht dann in ein anderes Zimmer, das so etwas wie sein Schreibatelier ist. Er hat dort zwei Tische, an einem kann er im Stehen arbeiten, am anderen im Sitzen. Auf einem Stapel liegen unterschiedliche Papier-Materialien, bunte Pappe, geschöpftes Papier, Leinwände und

Bastelzubehör. Wenn er beim Schreiben nicht weiterkommt, nimmt er manchmal eine Schere in die Hand und schneidet gedankenlos Formen in buntes Papier, klebt sie auf eine Leinwand oder wirft sie weg. Heute Morgen saß er in dem Zimmer und hat nicht geschrieben. Auf einem höhenverstellbaren Drehhocker hat er sich hin- und hergedreht und die Wand angeschaut. Ab und an ist er aufgestanden und hat etwas geordnet, ein Bild gerade gehängt oder einen Stift aufgehoben.

Er hasst es, sich in das Leben anderer Menschen einzumischen. Deshalb hat er auch kein ausschweifendes Sozialleben. Früher oder später führt das immer zu Situationen, die ihm unangenehm sind. Gestern ist er nach Mitternacht noch einmal in die Küche gegangen, um etwas zu trinken. Als er den Computer ausschalten wollte, sah er auf dem Bildschirm zwei Menschen, die Sex hatten. Johannes ist unschlüssig, ob er Natascha gegenüber etwas erwähnen soll. Wahrscheinlich würde sie ihn auslachen.

Er vermischt die Spaghetti mit dem gebratenen Broccoli, kippt Olivenöl dazu und richtet das Essen mit Pfeffer auf einem Teller an. Dann setzt sich auf den Küchenstuhl vor dem Computer. Er hat noch nicht die Hälfte gegessen, als Nataschas Videofenster aufpoppt.

»Hab ich dich schon wieder beim Essen überrascht?«, fragt sie gut gelaunt.

»Ich esse jeden Mittag, das ist also nicht sehr schwer«, gibt er grinsend zurück.

»Das sollte ich auch machen. Meine Ernährung besteht immer noch aus lauter Snacks über den Tag verteilt. Als wäre ich im Büro und hätte keine Zeit, zu essen. Das könnte ich mir langsam mal abgewöhnen.«

Natascha hält inne und schaut einen Moment fasziniert auf den Bildschirm.

»Ist das da hinter dir ein Regenbogen?«

Johannes dreht sich um. Die Sonne ist herausgekommen und durch das Fenster sieht man einen gigantischen doppelten Regenbogen.

»Boah«, sagt er. Dann steht er auf und geht auf den Balkon. Natascha schaut auch aus dem Fenster, aber bei ihr ist kein Regenbogen zu sehen. Johannes kommt mit strahlendem Gesicht zurück und sagt zu ihr: »Ich habe den Gedanken ja immer noch nicht ganz aufgegeben, dass am Ende des Regenbogens etwas Besonderes ist. Vielleicht ein Topf voller Gold, vielleicht aber auch was anderes. Wie siehst du das?«

»Hihi«, lacht Natascha, »ich glaube ja nicht an so Sachen, aber ich wäre bereit, mitzukommen auf eine Expedition.«

»So schnell kann niemand rennen.«

»Hast du es probiert?«, fragt sie.

»Ja, als Kind«, antwortet er.

»Okay, aber mit einem E-Scooter könnte man es vielleicht schaffen, oder?«, fragt sie hoffnungsvoll. »Das gab es damals ja noch nicht.«

»Da wäre mir das Risiko zu groß, einen Unfall zu bauen auf so einer Verfolgungsjagd«, antwortet er.

»Du hast recht. Da wird man an der ersten Ecke von einem abbiegenden Lkw abgeräumt.«

»Ich setze eher auf eine Drohne. Mit der könnte ich von meinem Balkon aus zum Ende des Regenbogens fliegen. Luftlinie ist auch schneller als Straßenverkehr.«

»Gute Idee. Darf ich jetzt was von deinem Essen abhaben? Ich bin zu faul zum Kochen.«

»Wie gesagt, ich würde es dir gerne durch den Bildschirm reichen, aber das hat letztes Mal schon nicht geklappt.«

In diesem Moment erscheint Damian auf dem Bildschirm.

»Junge«, ruft Natascha, »du siehst zum ersten Mal zerzaust aus.«

»Was?«, ruft Damian entsetzt, »das ist ja schrecklich.«

Dann lacht er. Natascha lacht auch. Sie winkt ihm mit einer Hand freundlich zu. »Gut geschlafen?«

»Ja, tief und dunkel«, antwortet Damian.

»Hast du etwa Schlaftabletten genommen?«, fragt Natascha mit mahnendem Blick.

»Nein, nein«, antwortet Damian. Er ist überrascht, dass Natascha mit allen Lebenslagen vertraut zu sein scheint. »Aber weißt du was?«, fragt er mit plötzlicher Lust auf einen Gegenangriff. »Ich hätte jeden Grund gehabt, Schlaftabletten zu nehmen, nach dem, was ich gestern in deiner Küche beobachtet habe.«

Johannes zuckt zusammen.

»Was denn?«, fragt Natascha. Sie zeichnet etwas auf einem Blatt vor ihr und schaut zu den anderen hoch.

»Sex«, sagt Damian geradewegs.

»Was? Das ist unmöglich. Ich war gestern Abend gar nicht hier. Und außerdem wäre ich nicht so blöd, vor euch Sex zu haben.«

Natascha schaut zu Johannes. Der hebt die Schultern und die Hände wie zur Verteidigung.

»Siehst du«, sagt Natascha, »du hast halluziniert.«

»Okay«, sagt Damian, »geht mich ja auch nichts an.«

»Stimmt«, sagt Natascha und nickt, als wäre das eine wichtige Erkenntnis gewesen.

»Lasst uns über die künstlerische Arbeit reden«, sagt Johannes, »wie kommt ihr voran?«

»Gut«, sagt Damian. »Ich habe gerade einen guten Lauf. Ich schreibe jeden Tag.«

»Guck mal, Damian, ich habe dich gezeichnet«, ruft Natascha und hält eine Skizze vor die Kamera, sodass die anderen die Zeichnung auf dem Bildschirm sehen können. Es ist keine naturalistische Abbildung von Damian, aber seine Züge sind sehr klar erkennbar. Es wirkt wie eine etwas gemeine Karikatur.

»Pass auf«, sagt Damian, »sonst schreibe ich über dich.«

»Es wäre mir eine Ehre.« Natascha zwinkert.

»Ist schon geschehen«, antwortet Damian und winkt ab.

»Ich hoffe, ich komme gut weg?«

»Ja, nicht schlecht«, antwortet er, »aber du könntest mich auch noch mit Öl malen, auf Leinwand. Dann käme ich besser zur Geltung.«

»Tststs«, sagt Natascha kopfschüttelnd, »wenn ich mich über Tage so intensiv mit jemandem beschäftige, verliebe ich mich am Schluss noch.«

»Ich biete mich gerne an als temporäre Projektionsfläche.«

Natascha verdreht die Augen und fängt an zu lachen.

»Ich denke drüber nach, Süßer«, antwortet sie.

Johannes ist ein bisschen eifersüchtig.

»Hast du was gemalt in den letzten Tagen?«, fragt er Natascha.

»Ja, aber ich bin nicht sehr weit gekommen. Ich habe gemerkt, dass ich mich erst mit mir selber auseinandersetzen muss, bevor ich richtig kreativ werden kann.«

»Hm, das sollten wir wahrscheinlich alle tun. Aber ich finde es schwierig.«

»Sehr schwierig«, sagt Natascha und seufzt. »Habe damit schon zwei ernste Krisen bei mir ausgelöst. Aber ich habe etwas gefunden, das ich ausprobieren möchte. Es gibt so eine Technik, die heißt ›autobiografisches Schreiben‹. Man soll seine Geschichte so umformulieren, als ob man alles selbst gewählt hätte.«

»Hä?«, fragt Damian.

»Man soll sich vorstellen, dass man vor seiner Geburt das Drehbuch seines Lebens selber geschrieben hätte. Also, es geht los damit, dass ich mir meine Eltern selber ausgesucht habe, damit ich von ihnen etwas Bestimmtes lerne, zum Beispiel. Oder bestimmte Schicksalsschläge; alles hat man sich selbst ausgesucht. Man schreibt seine eigene Geschichte so auf, von vorne bis jetzt.«

»Klingt krass«, sagt Damian.

»Ich werde das probieren«, sagt Natascha, »würdet ihr mitmachen?«

Johannes zieht beide Augenbrauen hoch und schnaubt leise.

»Ich weiß nicht, was ich davon halten soll. Am Schluss werde ich noch irre.«

»Und wenn schon«, antwortet Natascha, »dann bist du wenigstens nicht langweilig.«

»Haha«, sagt Johannes ironisch.

»Ich bin dabei«, verkündet Damian. »Wir müssen das ja nicht miteinander teilen, aber ich mag so Experimente.«

»Hier entsteht gerade so eine Art Gruppendruck«, sagt Johannes.

»Allerdings«, nickt Natascha. »Komm schon, Johannes. Vielleicht ist das aufwühlend, aber das Leben ist zu kurz, um sich die ganze Zeit tot zu stellen.«

Johannes notiert sich lachend etwas.

»Darüber könnte man ein schönes Gedicht machen.«

»Nur zu«, antwortet Natascha, »ich gebe dir die Rechte an diesem Satz. Aber nur wenn du mitmachst.«

Johannes stöhnt.

»Ihr quält mich täglich«, sagt er, »ohne euch war das Leben entspannter. Aber ist gut, ich mach mit.«

Natascha strahlt über das ganze Gesicht.

»Alles klar, morgen treffen wir uns hier bei Onkel Freud auf der Couch.«

Sie wirft eine Kusshand Richtung Kamera. Dann steht sie auf und verlässt die Küche.

Johannes und Damian schauen sich an und schütteln beide lachend den Kopf.

»Viel Glück«, sagt Damian.

»Dir auch«, antwortet Johannes, »peace out.«

9

»Ich habe ein Problem«, verkündet Natascha. »Immer wenn ich anfange, mich mit dem Malen zu beschäftigen, werde ich total müde.«

»Wie müde?«, fragt Damian.

»So richtig müde«, antwortet Natascha. »Es ist, als ob es mich einschläfern würde, dabei müsste ich doch hellwach sein.«

»Wieso?«, fragt Johannes.

»Weil es mir Spaß macht. Und wenn man Spaß hat, schläft man doch nicht ein.«

Johannes macht ein nachdenkliches Gesicht, zuckt aber schließlich mit den Schultern.

»Ja, das mit der Kreativität ist eine komische Sache. Ich glaube, bei mir war das am Anfang auch so.«

»Und dann?«, fragt Natascha ungeduldig.

»Ich weiß nicht mehr genau. Ich kann mich aber noch erinnern, dass ich am Anfang Unmengen Kaffee getrunken habe.«

»Kaffee? Kaffee ist die Lösung?«, fragt Natascha ungläubig.

»Für mich klingt das plausibel«, sagt Damian.

»Ja, schon klar. Ich weiß auch, dass Kaffee bei Müdigkeit hilft. Mich würde aber schon interessieren, warum ich so müde bin. Im Büro konnte ich mich zwöf Stunden lang konzentrieren und an etwas Langweiligem arbeiten.

Jetzt werde ich nach einer halben Stunde müde, während ich etwas tue, das Spaß macht. Kann mir das mal einer erklären?«

Damian und Johannes haben keine Antwort darauf.

»Vielleicht hat es etwas mit dem Nichtmüssen zu tun«, spekuliert Damian.

»Ja genau, mit der Freiheit«, sagt Johannes. »Jetzt erwartet niemand mehr etwas von dir, nur du selber willst es, und das ist eine ganz neue Dimension von Handeln.«

»Trotzdem«, beharrt Natascha, »dann müsste es mir viel leichter fallen. Ich müsste hoch konzentriert bei der Sache sein.«

»Mit der Zeit schon. Dein Gehirn muss sich aber vielleicht erst mal an die Freiheit gewöhnen.«

»Hm. Da denkt man, man tut sich was Gutes, und dann ist das so schwierig.« Natascha wirkt unzufrieden.

»Vielleicht ist es einfacher, etwas für andere zu tun als für einen selber«, sagt Damian.

»Wirst du auch müde beim Schreiben?«

»Ein bisschen schon. Aber ich bin das theoretische Arbeiten ja gerade von der Uni gewohnt. Bei mir macht es sich eher durch Konzentrationsschwierigkeiten bemerkbar. Wahrscheinlich ist das Gehirn beleidigt, wenn keine Belohnung in Aussicht steht. Es hat sich so an die Botenstoffe gewöhnt, die ausgeschüttet werden, wenn es eine unangenehme Aufgabe erfüllt hat. Jetzt versuchen wir, etwas Angenehmes zu machen, und wissen nicht mal, ob wir das Gehirn eines Tages dafür belohnen können. Vielleicht ist ja alles nur für die Katz.«

Natascha hat ihm aufmerksam zugehört und nickt langsam. Dann erinnert sie sich an etwas: »Sag mal, Damian, hattest du nicht versprochen, dass du in deiner Küche auch noch etwas Closerie-Ambiente erzeugen würdest?«

Er schaut sie fragend an: »Ich bin mir gerade nicht sicher, ob ich weiß, was du meinst.«

»Ich habe die Alkoholflaschen hinter mir, Natascha hat das mit weißem Leder überzogene Mobiliar und bei dir in der Küche sieht es einfach so aus wie in einer Küche«, hilft ihm Johannes auf die Sprünge.

»Oh, Johannes«, amüsiert sich Damian, »ich hätte gar nicht gedacht, dass dir Inneneinrichtung so am Herzen liegt.«

»Ich auch nicht«, antwortet Johannes lachend. »Aber so ein bisschen Zwanzigerjahredeko könntest du schon in Betracht ziehen.«

»Also gut, ich überlege mir etwas«, antwortet Damian.

»Das hast du letztes Mal auch gesagt, aber dann ist nichts passiert«, wirft Natascha ein.

»Ich weiß halt nicht was. Habt ihr eine Idee?«

»Man müsste halt wissen, wie die Closerie ausgesehen hat«, sagt Johannes.

»Auf Google gibt es Bilder davon, wie die Closerie heute aussieht.«

Natascha hat die Bildschirmkamera angemacht und sie schauen sich gemeinsam die heutige Closerie an.

»Das sieht ja kitschig aus.« Damian schüttelt den Kopf. »Meint ihr, dass es damals auch schon so ausgesehen hat? Auf jedem Tisch weiße Tischdecken? Ich finde, da sollten wir uns eher an die Bar halten.«

»Oder du schaffst dir so eine Lederbank an«, schlägt Natascha vor.

»Oh nein, das ist mir zu kompliziert.« Damian schüttelt wieder den Kopf. »Dann mache ich es lieber so wie Johannes und besorge mir ein paar Flaschen Alkohol.«

»Das ist doch langweilig«, sagt Natascha.

»Was soll ich denn sonst machen?«, fragt Damian. »Soll ich mir Hemingways Frisur schneiden lassen?«

Natascha bricht in schallendes Gelächter aus.

»Das ist mal ein kreativer Vorschlag.«

»Wie wäre es mit Blumen?«, schlägt Johannes vor.

»Sehr gute Idee«, antwortet Damian begeistert. »Das ist viel besser als Alkohol bei mir zu Hause.«

»Für die Atmosphäre könntest du aber ruhig mal von deinen Schnäpsen hinter dir trinken«, sagt Natascha und zeigt mit dem Finger auf Johannes. »Wenn ihr mich fragt, sind die ganzen amerikanischen Künstler nur wegen des Alkohols nach Europa gekommen. In den Zwanzigerjahren war in Amerika ja Prohibition.«

»Ach so«, sagt Johannes, »das ist ja meistens so, dass unerklärliche Phänomene einen ganz einfachen Grund haben. Meistens weiß man nur nicht, was. Aber das mit der Prohibition leuchtet definitiv ein.«

Nach einer kurzen Pause fügt er hinzu: »Wenn wir uns hier mal am Abend treffen, trinke ich gerne für euch.

Nachmittags eher nicht. Außer vielleicht, wenn wir uns doch eines Tages mal unsere neu geschriebene Autobiografie vorlesen sollten. Wollten wir darüber heute nicht reden?«

Natascha blickt schuldbewusst in die Kamera: »Ich hab es nicht geschafft. Erst konnte ich mich nicht überwinden, dann war ich zu müde. Tut mir leid.«

»Damian?«, fragt Johannes.

»Ach«, weicht er aus, »ich bin auch nicht dazu gekommen.«

»Ernsthaft? Erst überredet ihr mich, mitzumachen, und hinterher bin ich der Einzige, der die Aufgabe erfüllt?«

»Wir holen es nach«, beschwichtigt Damian, »aber ich brauche mehr Zeit dafür.«

10

Damian ist auf dem Weg in die Stadt. Am Bahnhof biegt er links ab und geht über die Brücke. Dann geht er rechts in die Altstadt, einen kleinen Hügel hoch und setzt sich auf eine Bank, von der aus er einen schönen Blick auf den grünen Park hat. Er hat eine Flasche Wasser von zu Hause mitgenommen und sich unterwegs ein Croissant gekauft.

In etwas weniger als einer Stunde trifft er seinen Bruder, der mit dem TGV aus Paris kommt. Damian weiß, dass er sich mental auf die Begegnung vorbereiten sollte. Christian und er sind so unterschiedlich wie Tag und Nacht. Jede Begegnung endet mit beklemmenden Gefühlen, zumindest für Damian. Was Christian empfindet, weiß er nicht. Er kann es sich nicht einmal vorstellen. Sein Bruder ist eines der wenigen Wesen, in die er sich nicht hineinversetzen kann. Christian ist nur ein Jahr älter als Damian. Aber er hat bereits einen Doktortitel und einen Vollzeitjob. Nach Genf kommt er alle zwei bis drei Monate, um nach dem kleinen Bruder zu schauen. Jetzt, wo Damian das Studium abgeschlossen hat, will er wissen, was seine nächsten Ziele sind. Damian weiß, dass sie sich streiten werden. Aber er will sich geistig noch nicht mit seinem Bruder auseinandersetzen, bevor sie sich überhaupt treffen.

Er nimmt ein schmales, gebundenes Buch hervor, das er vorhin im Bücherladen abgeholt hat. Es ist der Gedichtband von Johannes alias Joshua Vries. Damian kann sich nicht vorstellen, was der Informatiker mit Tiefgang für Gedichte schreibt. Er schmunzelt, als er an ihn denkt, und macht sich auf alles gefasst, was ihn im Inneren des Buches erwarten könnte. Er schlägt die ersten Seiten auf und beginnt zu lesen.

Das Mosaik

Ich wollte dich lieben.
Doch du konntest nicht.
Ich wollte dich hassen.
Doch du warst nicht da.

Geblieben ist nichts.
Eine schmerzvolle Erinnerung.
Luft, die man nicht küssen kann.
Ich greife in die Leere.
Wenn ich meine Stirn an dich anlehne,
spüre ich Kälte.
Wenn ich dir über die Wange fahre,
spüre ich Einsamkeit.

Ich sehe nur deine Hülle.
Haut, Knochen und Haare.
Zusammengesetzt zu dem Mosaik,
in das ich mich verliebt habe.
Deine Augenbrauen und deine Nase.

Schlüsselbein und Schultern.
Die Finger deiner schönen Hände.
Alles bleibt mir fremd.

Für dich will ich die Zeit zurückdrehen.
Deine Lippen würden mir gehören.
Dein Herz brennen.
Wenn ich schreien würde, drehtest du durch.
Wenn ich sterben würde, ginge deine Welt unter.
Ich wär dein ein und alles.
Und du mein Besitz.
Doch dein Herz hat uns von Anfang an verraten.

»Huch«, denkt Damian. »Zum Glück habe ich ihm nicht erzählt, dass ich mir den Gedichtband bestellt habe.«

Er legt das Buch neben sich auf die Bank und nimmt einen Schluck aus der Wasserflasche. Was er gelesen hat, ist ihm auf eine unangenehme Weise zu persönlich. Als hätte er verbotenerweise in Johannes' Tagebuch gelesen.

Auf dem metallenen Geländer vor seiner Holzbank lassen sich ein paar Spatzen nieder. Lautstark wetteifern sie um die Aufmerksamkeit von Damian. Sie legen den Kopf schief, wenn sie ihn anschauen, als hätte er etwas versprochen, das er jetzt auch hergeben solle. Nach ein paar Minuten geben sie es auf, ihm falsche Vorwürfe zu machen, und fliegen krakeelend davon.

In einer Viertelstunde muss sich Damian auf den Weg zum Bahnhof machen. Er atmet tief durch und genießt die Stille in seinem Kopf. An diese angenehme Ruhe wird er sich erinnern, wenn Christian ihn in den kalten Klammergriff nimmt mit seinen harschen Worten. Warum nur ist sein Bruder so? Er ist eine extreme Manifestation all der Überzeugungen und Vorstellungen vom Leben, die Damian bei anderen Menschen ablehnt.

Genève-Cornavin.

Die historische Fassade ist eine erfolgreiche französisch-schweizerische Symbiose. Pompös, funktional, unaufdringlich. Damian schlendert über den Vorplatz auf die Eingangstüren zu. Damit er nicht zu früh da ist, hat er unterwegs noch einen Halt eingelegt. Von der Brücke hat man eine schöne Sicht auf den See und die Stadt.

Er bleibt in der Eingangshalle an einer Seite stehen und nimmt sein Handy in die Hand, um sich zu beschäftigen, bis Christian kommt. Er spürt, wie die Menschen an ihm vorbeilaufen; immer wieder schwallweise. Dann wieder niemand. Nach einer Weile bleibt eine Person vor ihm stehen.

»Damian«, sagt Christian bestimmend.

Damian hebt den Kopf und zwingt sich, zu lächeln.

»Hallo Christian«, antwortet er, »schön dich zu sehen.«

»Wieso hast du Kopfhörer um den Hals?«, fragt Christian sichtlich irritiert.

»Damit ich sie mir aufsetzen kann, wenn ich Musik hören möchte«, antwortet Damian und wundert sich über die Frage.

»Du willst Musik hören, während wir den Tag zusammen verbringen?«

»Nein, aber ich bin schon länger unterwegs.«

»Na und?«, Christian blickt ihn missbilligend an.

»Na, vielleicht habe ich ja auf dem Weg hierher Lust gehabt, Musik zu hören.« Damian bemüht sich, ruhig zu bleiben.

»Dann kannst du sie jetzt ja abziehen.«

»Könnte ich schon. Oder ich lasse sie dort, wo sie sind. Sie stören ja nicht.«

»Wie du meinst.« Christian zeigt mit der Hand Richtung Ausgang. »Warum stehen wir hier und gehen nicht raus in die Stadt?«

Damian zuckt mit den Schultern und steuert Richtung Ausgang.

»Warte«, ruft Christian hinter ihm her, »ich kaufe noch eine Zeitschrift für später.«

»Kannst du das nicht auf dem Rückweg machen?«, fragt Damian.

»Ich weiß ja noch nicht, ob ich auf dem Rückweg Zeit habe dafür.«

Damian bleibt demonstrativ stehen, verschränkt die Arme und schaut seinen Bruder an.

»Sei nicht so zickig«, empört sich Christian.

»Es ist dein Hin und Her, das mich nervt. Erst willst du mir sagen, wie ich meine Kopfhörer zu transportieren habe, dann willst du rausgehen und gleichzeitig zurückgehen und dir eine Zeitschrift kaufen.«

»Hast du ein Problem damit?«

Damian schüttelt gereizt den Kopf. »Nein, hab ich nicht. Aber jetzt mach doch endlich.«

Christian wirft ihm einen bösen Blick zu und geht in den Zeitungsladen. Damian dreht sich in der Bahnhofshalle um die eigene Achse. Er atmet tief durch. Immer wieder. Niemand kann ihn so schnell und so sinnlos auf die Palme bringen wie sein Bruder.

Als Christian zurückkommt, scheint er den ersten Streit bereits vergessen zu haben. Denn während sie den Bahnhof verlassen, beginnt er bereits den nächsten. Damian steckt die Hände in die Hosentaschen und läuft wortlos neben ihm her. Als sie sich in ein Café setzen, mustert Christian ihn. Damian weicht seinem Blick aus und dreht sich leicht zur Seite.

»Warum bist du so dünn?«, fragt Christian.

»Keine Ahnung?«, antwortet Damian genervt.

Christian nickt.

»Und?«, er zieht seine Zigaretten hervor und wirft sie vor sich auf den Tisch.

»Ich finde, rauchen passt nicht zur dir«, sagt Damian und schiebt die Zigarettenschachtel ein Stück zur Seite. »Du bist Arzt.«

»Stimmt schon. Aber ich brauche das ab und an. Vor allem nachts.« Christian zieht eine Zigarette aus der Schachtel. Er legt sie auf den Tisch vor sich und legt das Feuerzeug daneben.

»Es ist helllichter Tag und ich bin keine Frau, die dich gebucht hat«, sagt Damian und legt die Schachtel quer über die Zigarette und das Feuerzeug.

Christian zuckt zusammen. Seine Augen verengen sich.

»Wähle deine Worte mit Bedacht«, faucht er leise und legt das Päckchen mit Nachdruck zurück auf den Tisch. »Das ist längst Vergangenheit.«

Christian zündet sich die Zigarette an und mustert Damian wieder.

»Was wirst du arbeiten? Hast du dich beworben?«, fragt er.

»Ich werde mit dir nicht darüber sprechen«, antwortet Damian.

»Du kannst machen, was du willst. Ich würde ja nur gerne wissen, was mein Bruder vorhat. Das ist alles«, antwortet Christian.

»Du willst mich nur wieder verurteilen dafür, dass ich nicht dasselbe Leben lebe wie du.«

»Das stimmt nicht. Ich weiß nicht, warum du dich von mir immer so angegriffen fühlst. Ich toleriere jede deiner Entscheidungen.«

»Das solltest du auch. Es ist schließlich mein Leben«, sagt Damian in scharfem Tonfall.

»Weiß ich doch«, antwortet Christian. »Ich bin nicht dein Feind. Ich bin dein großer Bruder.«

»Ja, erzähl mal. Wie läuft es in Paris?« Damian will sich ein paar Minuten Verschnaufpause verschaffen. Es ist 11 Uhr und er wird seinen Bruder noch mindestens bis 17 Uhr aushalten müssen. Wenn es schlecht läuft, sogar bis nach dem Abendessen.

11

Während Johannes und Damian über Verbindungsprobleme diskutieren, kämmt sich Natascha ihre nassen Haare. Sie hat gute Laune. Ihr erstes Bild ist vor einer Stunde fertig geworden. Es ist mit Öl auf Leinwand gemalt. Irgendwann hat sie das Bild betrachtet und realisiert, dass es fertig ist. Ein Zufallstreffer. Dass das erste Bild so gut gelingt, kann man nicht planen.

Dann ist sie baden gegangen und jetzt sitzt sie mit den anderen zusammen in der Closerie. Sie schaut Johannes und Damian zu. Damian wirkt angespannt. Seine Art wirkt anziehend auf sie. Er strahlt eine Bravheit aus, wie es nur langweilige Internatsschüler können, und trotzdem wirkt er abgeklärt und erfahren wie eine gestandene Person mit einer durchwachsenen Historie. Er lehnt sich nach vorne, als er einen Link sucht und Johannes im Chat schickt. Dadurch ist er mit seinem Kopf ganz nah an der Kamera. Natascha mustert sein Gesicht im Profil. Er hat kurzes, kräftiges Haar und glatte Haut. Heute wirkt er verändert. Seine Kiefermuskeln sind angespannt und sein sonst so treuer Blick wirkt verschlossen. Das macht ihn noch reizvoller. Damian löst in Natascha den Wunsch aus, wieder einmal mit einem Mann Sex zu haben. Seitdem es die Closerie gibt, ertappt sie sich immer häufiger bei dem Gedanken an Damian und der Vorstellung, wie es wohl wäre mit ihm.

»Hallo«, ruft Johannes, als würde er einen Raum betreten. »Wir sind fertig.«

»Toll«, antwortet Natascha.

»Geht es dir gut?«, fragt Damian.

»Ja, ich habe mein erstes Bild fertig gemalt und fühle mich wie eine Königin, die ein Land erobert hat.«

In diesem Moment öffnet sich hinter Natascha die Küchentür. Sie dreht den Kopf und entdeckt ihren Untermieter. Er ist groß gewachsen und hager. Sein Gesicht sieht geschminkt aus, seine dunkelschwarzen Haare wirken unnatürlich.

»Hi, Kyle«, sagt sie.

»Hi«, kommt es zurück. Dann tritt er näher an den Bildschirm heran. »Sind das deine Kunstfreunde, mit denen du jeden Tag telefonierst?«, fragt er belustigt.

»Ja«, antwortet Natascha.

Kyle lacht und nimmt sich einen Krug Wasser.

»Find ich super«, sagt er. Dann geht er wieder aus der Küche.

»Warte«, ruft Natascha.

Er streckt seinen Kopf noch einmal zur Tür herein.

»Yolanda kommt nachher vorbei. Machst du ihr die Tür auf, falls ich es nicht höre?«

»Ja, klar«, sagt Kyle und lacht wieder. »Viel Spaß euch noch.«

Nachdem er die Tür wieder geschlossen hat, fragt Damian: »Wer ist das?«

»Mein Untermieter«, antwortet Natascha und winkt ab, »Möchtegern-Model. Blöd wie Stroh.«

»Offensichtlich«, sagt Johannes.

»So sieht der also bei Tageslicht aus«, sagt Damian nachdenklich.

»Was meinst du?«, fragt Natascha.

Johannes wirft Damian einen Blick zu, als würde er sich sehr unwohl fühlen. Um abzulenken, fragt er: »Wer ist denn diese Yolanda?«

»Meine Freundin«, antwortet Natascha. »Wenn sie nachher kommt, stelle ich sie euch kurz vor.«

»Okay«, sagt Johannes etwas ratlos.

»Dann war das Kyle, der es hier letzte Woche vor laufender Kamera getrieben hat«, wirft Damian ein, ohne auf Johannes zu achten.

»Was?«, fragt Natascha entsetzt. »Hat er nicht gemerkt, dass die Kamera lief?«

»Offensichtlich nicht.«

»Er ist ständig auf Tinder, aber ich habe ihm verboten, Dates mit hierher zu bringen«, sagt Natascha verärgert. »Mit der Kamera in der Küche hat er wohl nicht gerechnet«, schiebt sie mit einem bösen Lachen nach. »Das hat er verdient.«

Damian lacht ebenfalls. Aber Johannes tut so, als ob er etwas liest und dem Gespräch nicht folgt.

»Ha, übrigens«, sagt Natascha, »ich habe was für dich, Damian.«

»Ja?«, fragt er.

»Ein Zitat von Charles Baudelaire. Warte, ich habe es mir irgendwo aufgeschrieben.«

Sie blättert durch einen Stapel Papiere, der auf ihrem Küchentisch liegt. »Hier«, sagt sie und liest vor: »Wer nur Wasser trinkt, hat vor seinen Mitmenschen etwas zu verbergen.«

Sie blickt ihn triumphierend an.

Damian lacht auf. Johannes hebt belustigt den Blick und schaut Damian erwartungsvoll an.

»Natürlich habe ich etwas zu verbergen vor meinen Mitmenschen. Wer denn nicht?«, fragt er und schaut Natascha an. Seine Gesichtsmuskulatur hat sich etwas entspannt.

»Komm mir nicht mit Gegenangriff«, antwortet Natascha lachend, »ich habe endlich etwas gefunden, was gegen deine Abstinenz spricht.«

»Ich misch mich ja immer nur ungern in das Leben anderer Menschen ein«, sagt Johannes, »aber mich würde wirklich interessieren, was eine Person wie du zu verbergen hat.«

»Ist euch nichts aufgefallen an mir?«, fragt Damian und streicht sich über die Haare. Er hält seinen Kopf einmal mit der linken Seite nach vorne in die Kamera und dann mit der rechten, um sich zur Begutachtung zu präsentieren.

»Nein, an dir nicht«, antwortet Johannes langsam und überlegt, »aber hattest du nicht mal eine Katze. Juanita oder so.«

»Falicia«, antwortet Damian, »ja wo ist die eigentlich? Gute Frage.« Er blickt sich in seiner Wohnung um, aber er kann sie nicht sehen. Er schaut ratlos in die Kamera.

»Ach danke, Damian«, sagt Natascha seufzend, »das gibt mir ein gutes Gefühl, wenn ich nicht die einzige Versagerin in Tierhaltung bin in dieser Runde.«

»Ihr seid schreckliche Tierbesitzer«, sagt Johannes entrüstet. »Am besten holst du dir gleich mal ein paar Ausstopftipps bei Natascha.«

»Falicia ist sehr eigenständig«, beschwichtigt Damian, »sie ist immer mal weg für ein paar Tage.«

Er steht auf und sucht im Schnelldurchlauf noch einmal die Wohnung ab. Er schaut auch im Schrank und unter dem Bett.

»Okay, ich glaube, ich muss sie nachher wirklich suchen gehen. Aber weit kann sie nicht sein. Am liebsten ist sie bei meiner Vermieterin im Garten und lässt sich von ihr füttern und streicheln.«

»Es gibt so Katzenkidnapper, die kümmern sich anfangs liebevoll um eine Nachbarskatze. Irgendwann lassen sie sie dann in ihre Wohnung rein und kaufen ihr ihr Lieblingsfutter. Und eines Tages geht die Wohnungstür zu und die Katze kommt nie mehr heraus«, sagt Johannes. »Das ist meiner Ex-Freundin passiert.«

»Damian, geh und rette deine Katze«, sagt Natascha in gebieterischem Tonfall. »Ich glaube, es geht hier um Leben und Tod.«

Damian macht keine Anstalten aufzustehen.

»Ich schaue später nach«, sagt er mit einer hörbaren Gereiztheit in der Stimme.

Natascha zuckt innerlich zurück. Sie hasst es, anderen Menschen zu nahe zu treten.

»Leute, Leute«, sagt Johannes und schnauft leise, »wollen wir heute nur über Katzen reden oder auch über Kunst?«

»Können wir machen.«

Damian nickt ebenfalls.

»Bei irgendwem hat es gerade geklingelt.«

»Ich glaub, das war bei mir«, sagt Natascha und steht auf. Sie öffnet die Küchentür und lehnt sich wartend an den Rahmen. Nach einer Weile ruft sie in den Gang: »Hey, Yolanda. Komm her. Ich habe meinen Kunstleuten hier versprochen, dich vorzustellen.«

Yolanda hat lange, schwarze Haare und ist etwas jünger als Natascha. Sie begrüßen sich mit einer liebevollen Mischung aus Umarmung und Kuss und setzen sich nebeneinander an den Tisch. Yolanda lächelt etwas schüchtern in die Kamera.

»Hi«, sagt sie und winkt mit einer Hand, »wo seid ihr denn?«

»Hi. Ich bin in Genf«, sagt Damian möglichst neutral.

»In der Schweiz? Wow. Und du?«, fragt sie an Johannes gerichtet. Sie hat eine angenehme, sanfte Stimme.

»Ich bin in Berlin. Wie Natascha. Also so wie ihr beide«, sagt er und lächelt.

»Sehr schön. Tja, dann lasse ich euch mal wieder alleine mit meiner Natascha. Von Kunst habe ich keine Ahnung«, sagt sie mit einem entschuldigenden Lachen.

»Wir auch nicht«, sagt Johannes, »aber das fällt nicht weiter auf unter Gleichgesinnten.«

»Du Tiefstapler«, sagt Natascha. Und ergänzt an Yolanda gewandt: »Er schreibt Gedichte und hat schon ein Buch veröffentlicht.«

»Nicht schlecht«, sagt Yolanda, »also lasst euch Zeit mit eurem Gespräch, ich bin sowieso den ganzen Abend hier.«

»Was machst du in der Zwischenzeit?«, fragt Damian ungewöhnlich indiskret.

»Weiß noch nicht«, antwortet Yolanda, »vielleicht lege ich mich etwas hin und lese. Haha, nein. Am Schluss werde ich wahrscheinlich sowieso am Handy hängen.«

»Wie wir alle«, sagt Johannes mit einem freundlich gemeinten Achselzucken.

»Also, viel Spaß.« Mit diesen Worten verlässt sie die Küche und schließt die Tür hinter sich.

Damian sinniert einen Moment, dann sagt er zu Natascha: »Weißt du, an wen mich deine Freundin erinnert? An meine entlaufene Katze.«

»Was, wieso?«, fragt Natascha.

»Wegen der pechschwarzen Haare.«

»Ach so«, antwortet sie.

Er überlegt wieder. »Und weil sie mir entlaufen ist.«

Natascha verzieht ihr Gesicht irritiert.

»Damian, lass das doch«, sagt Johannes dazwischen.

»Was denn?«, fragt Natascha. »Was hat meine Freundin mit deiner entlaufenen Katze zu tun? Abgesehen von den schwarzen Haaren.«

Damian stützt einen Ellenbogen auf der Tischkante vor ihm ab und streckt den Zeigefinger, als ob er etwas erklären wird. Bevor Damian anfangen kann zu sprechen, meldet sich wieder Johannes zu Wort: »Man mischt sich nicht einfach in das Leben anderer Leute ein.«

Damian ignoriert Johannes.

»Dir ist bewusst, dass wir deine Freundin nackt gesehen haben?«, fragt er.

»Was?«, fragt Natascha zurück.

»Vor ein paar Tagen, als sie sich von Kyle oder wie das blöde Model heißt, in deiner Küche vor laufender Kamera hat vögeln lassen«, führt Damian aus.

»Was?«, ruft Natascha laut und läuft rot an.

»Ich finde, das solltest du wissen.«

Natascha starrt ihn sprachlos an.

»Mein Gott, Damian«, schnaubt Johannes, »woher bist du dir so sicher? Auf Tinder gibt es auch schwarzhaarige Frauen.«

Er schiebt seinen Stuhl nach hinten und steht auf.

»Bleib hier«, sagt Damian, »du hast es doch auch gesehen.«

Johannes kommt zurück und beugt sich in Richtung Bildschirm.

»Ja, habe ich, aber es geht mich verdammt noch mal nichts an. Genauso wenig wie dich«, sagt er und läuft wieder weg.

Natascha blickt Damian entsetzt an.

»Und jetzt?«, fragt sie leise.

Hinter ihr geht die Tür auf. Kyle kommt herein.

»Servus Kunstfritzen«, ruft er gut gelaunt. Er nimmt zwei Gläser und einen Flaschenöffner und geht wieder.

Natascha schaut Damian mit entgeistertem Blick an. Dann beugt sie sich näher an das Mikrofon: »Schwör mir, Damian, dass du gesehen hast, dass diese einzellige Kreatur Sex hatte mit meiner intelligenten Frau.«

»Ich schwöre es dir«, antwortet Damian ruhig.

»Und jetzt?«, fragt sie wieder ungläubig.

»Jetzt könnten wir beide unsere untreuen schwarzhaarigen Gespielinnen zur Rede stellen«, antwortet er. »Wenn du dir Yolanda zurückholst, hole ich mir Falicia zurück. Es sei denn, sie ist wirklich fremdgegangen, dann lasse ich sie dort zurück.«

Natascha steht auf. Sie öffnet die Tür, lauscht in den Flur und setzt sich wieder zurück an ihren Platz. Damian hat sich nicht gerührt.

Sie schauen sich jetzt an. Natascha spreizt den Zeigefinger von der linken Hand und zeigt Richtung Tür und dann auf ihr Ohr, als wollte sie fragen, ob er hört, was sie hört. Vom Flur klingt Gelächter in die Küche und Fetzen von Videos, die abgespielt werden.

Damian nickt. Er macht eine Geste mit der Hand, die das Trinken von Alkohol andeutet. Sie nickt und hebt eine Flasche Wein vor die Kamera. Genau, antwortet Damian mit einem Blick.

Plötzlich erscheint Johannes wieder in seiner Küche. Er schaut aus dem Fenster hinter seinem Sitzplatz. Dann dreht er sich um, sieht die beiden und setzt sich auf seinen gewohnten Stuhl. Fast gleichzeitig heben Damian und Natascha den Zeigefinger an den Mund, um Johannes zu bedeuten, dass er leise sein soll. Natascha zeigt wieder mit einem Finger Richtung geöffnete Küchentür und auf das Ohr. Die Stimmen und das Lachen sind inzwischen etwas leiser geworden, aber sie sind immer noch zu hören.

Johannes deutet mit einem knappen Nicken an, dass er verstanden hat. Er lehnt sich zurück im Stuhl und verschränkt die Arme. Nachdem sie einen Moment dort zu dritt in der Stille gesessen und den entfernten Geräuschen gelauscht haben, huscht ein Lächeln über sein Gesicht. Die Situation ist bizarr. Als Damian das sieht, macht sich ein unauffälliges Grinsen breit auf seinem Gesicht. Wenige Sekunden später fängt Natascha an, geräuschlos zu lachen.

Dann schüttelt sie den Kopf und schreibt in den Chat: »Ich will sie nicht zurückholen.«

Sie wischt sich eine Träne aus dem Gesicht und schaut Damian an. Sie fängt wieder an zu tippen: »Hol dir deine Katze, wenn du willst. Ich bleib hier.«

Damian schaut sich in seiner Küche um, als würde er ihren Blicken ausweichen, obwohl sie sich über den Bildschirm gar nicht direkt in die Augen schauen können.

Er schüttelt den Kopf.

Natascha formt mit den Lippen die Worte: »Doch, los.«

Aber er schüttelt den Kopf.

Sie schaut ihn weiter fragend an.

Nein, antwortet er mit noch deutlicherem Kopfschütteln. Dann winkt er salopp ab mit der Hand.

Natascha fängt wieder an geräuschlos zu lachen.

»Und jetzt?«, schreibt Johannes im Chat.

»Die Katzen sind verloren«, schreibt Damian zurück.

Natascha steht wieder auf und stößt dabei versehentlich gegen den Stuhl, der neben ihr steht. Er schabt laut über den Fliesenboden mitten in die Stille hinein. Die Stimmen vom Flur verstummen. Natascha hält sich eine Hand vor den Mund und schüttelt sich leise vor Lachen. Damian und Johannes können der Komik der Situation nicht widerstehen und lachen ebenfalls leise, aber so, dass man es nun etwas hören kann. Als Natascha sich wieder gefangen hat, geht sie vorsichtig an dem Stuhl vorbei zur Küchentür und schließt sie wieder. Dann macht sie das Licht über dem Herd an und setzt sich auf ihren Platz.

»Was für ein Drama«, sagt sie wieder in normaler Lautstärke.

Johannes nickt lange, wie jemand, der einer Sache aus tiefstem Herzen zustimmt. »Sorry, dass ich vorhin weggegangen bin«, sagt er.

»Macht nichts«, antwortet Natascha, »wir haben verstanden, dass dir die Querelen des sozialen Lebens zu schaffen machen.«

»Ja, aber sie sind real«, sagt Johannes. »Deshalb sollte ich vielleicht nicht immer so feige sein. Falls du Beweise brauchst, ich habe ein paar Screenshots, die ich dir gerne gebe.«

»Tatsächlich?«, fragt Natascha. »Das ist aber nichts für schwache Nerven, oder?«

»Nein«, sagt Damian. »Ich habe nach ein paar Minuten ausgeschaltet, aber die waren verstörend genug.«

Johannes seufzt.

»Als ich das Treiben auf dem Bildschirm entdeckt habe, hattest du dich schon ausgeloggt. Ich dachte, du hättest es nicht gesehen.«

»Doch, leider.«

»Okay«, sagt Natascha, »schick mir die Bilder per Mail. Und bitte: Lösch sie bei dir anschließend.«

»Mach ich«, sagt Johannes.

Hinter Natascha geht die Küchentür auf. Kyle und Yolanda stehen in der Tür.

»Wir haben Hunger«, sagt Yolanda, »wollen wir uns was zu essen bestellen?«

Natascha blickt sie erstaunt an.

»Ja, also, nein, ich möchte nichts. Aber bestellt euch doch was. Oder geht essen«, sagt sie.

Yolanda blickt Kyle an. Kyle schaut auf sein Smartphone und hat nicht zugehört. »Was?«, fragt er, als er realisiert, dass alle ihn anschauen.

»Natascha hat keinen Hunger. Sollen wir was essen gehen? Vietnamesisch oder so?«

»Okay«, sagt er und zwinkert dümmlich, als ob er nicht verstanden hätte, was gesagt wurde.

Als sie gegangen sind, ruft Natascha quer durch den Gang in Richtung der geschlossenen Tür: »Und am besten bleibt ihr gleich ganz weg. Lasst euch nie wieder blicken, ihr widerlichen Schweine.«

Ein paar Augenblicke später geht die Eingangstür wieder auf. Yolanda steckt den Kopf in die Wohnung: »Hast du was gesagt, Liebling?«

Natascha starrt sie an, als wäre sie eine wildfremde Person. Dann sagt sie in eisigem Tonfall: »Nein.«

Yolanda zögert einen Moment. Sie wartet auf ein Zeichen, eine vertraute Geste. Aber Natascha wirkt todeszornig und unerbittlich. Yolanda nickt kurz und schließt die Tür wieder, nahezu geräuschlos.

»So, her mit den Screenshots«, sagt Natascha zu Johannes, »jetzt bin ich in der Stimmung, sie mir anzuschauen.«

Johannes klickt und tippt. »Verschickt«, sagt er und hebt den Kopf, »sie sollten jeden Moment bei dir eintreffen.«

Natascha steht auf und holt sich ein Glas Wasser. Als sie zurückkommt, ist die E-Mail bei ihr eingetroffen.

Damian und Johannes sehen nur, wie ihre Augen über den Bildschirm wandern. Das einzige Geräusch ist das Klicken von Nataschas Maus. Äußerlich wirkt Natascha ganz ruhig. Ihre Augen sind jetzt wieder sanfter, nicht mehr wütend. Sie schüttelt den Kopf und schweigt.

Dann legt sie den Kopf vor sich auf ihre Hände und an dem Zucken ihrer Schultern erkennen die beiden, dass sie weint.

Johannes und Damian schauen sich ratlos an.

»Scheiße, wenn man jemanden weinen sieht und nicht trösten kann, weil es nur ein Bild ist«, sagt Damian. »Ich würde jetzt gerne meine Hand ausstrecken.«

12

Als Natascha nach einer gefühlten Ewigkeit wieder den Kopf hebt, atmen Johannes und Damian erleichtert auf. Sie haben die ganze Zeit über keinen Laut von sich gegeben und auf Nataschas Kopf und Schultern geschaut.

Jetzt schaut sie mit roten, verquollenen Augen und an den Seiten zerzausten Haarsträhnen in die Kamera.

»Damian«, fragt sie mit leiser Stimme, »würdest du etwas vorlesen?«

»Ja, klar«, antwortet er. »Ist nur die Frage, was?« Er breitet seine Arme nach rechts und links aus und hebt etwas die Schultern. »Was würdest du denn gerne hören?«

»Ich weiß nicht«, sagt sie. »Irgendetwas, das mich woanders hinbringt und gut klingt.«

Er überlegt.

»Nichts Brutales«, fügt sie leise hinzu, »irgendetwas aus einer anderen Zeit.«

»Hemingway?«, fragt er.

Sie schüttelt den Kopf und wischt sich die Tränen aus dem Gesicht. »Lieber etwas von einer Frau.«

»Okay, warte«, sagt Damian und steht auf.

Er tritt in dem an die Küche angrenzenden Zimmer vor ein Bücherregal und liest die Titel. Er hält den Kopf mal schräg nach links, mal nach rechts, geht leicht in die

Knie und richtet sich wieder auf. Er blickt in Richtung Kamera und als er sieht, dass die anderen ihm zuschauen, ruft er: »Gar nicht so einfach, wenn man vor allem Klassiker mag.«

Er kommt mit zwei Büchern in der Hand zurück und setzt sich wieder auf den Stuhl vor dem Computer.

»Also, ich habe zwei mitgebracht«, sagt er. »Das eine ist von Jane Gardam, sehr schön, aber nicht aus einer ganz anderen Zeit. Das andere hier ist von ...«, Damian zögert, dann hält er das Buch in die Kamera, »... von einem gewissen Joshua Vries.«

»Och«, stöhnt Johannes.

»Was, von Johannes?«, fragt Natascha.

»Ganz genau.«

»Warum bin ich noch nicht auf die Idee gekommen, mir sein Buch zu kaufen?«

»Aus welchem soll ich vorlesen?«

»Ich bin keine Frau«, sagt Johannes schnell, »leg es wieder weg.«

Natascha blickt ihn erstaunt an: »Aber ich würde gerne etwas von dir hören.«

Sie sieht immer noch verheult aus. Ihre Haare hat sie mit einer Hand zur Seite gestrichen und sich die Tränen aus dem Gesicht gewischt. Damian beobachtet sie, und mit einem plötzlichen Schub an Zuneigung sagt er: »Mir gefällt es, dass du dir keine Mühe gibst, die Spuren deiner Tränen wegzuwischen.«

Sie lächelt mit einem liebevollen Blick in seine Richtung und eine Träne kullert ihr über die Wange.

»Danke«, sagt sie. Die Weichheit seiner Worte fühlt sich an wie eine sanfte Umarmung. »Danke«, sagt sie noch einmal.

Damian hält wieder beide Bücher hoch und blickt Natascha verschmitzt an: »Welches willst du?«

Natascha sagt mit einem gespielt böswilligem Blick: »Johannes natürlich. Entschuldigung, Joshua natürlich.«

»Gerne«, nickt Damian, wie jemand, der gerade eine Bestellung entgegengenommen hat.

»Okay, Leute«, sagt Johannes, »ich glaube, heute ist der erste Tag, an dem ich trinken muss. Das Hochprozentigste, das ich habe.« Er schiebt seinen Stuhl ein Stück zurück und greift mit einer Hand nach einer der Flaschen schräg hinter ihm. Er trinkt sein Wasserglas aus und füllt Whiskey hinein. Bis zur Hälfte. Er hält es kurz in die Kamera, als würde er den anderen zuprosten, und nimmt dann einen großen Schluck. Er verzieht nur ein wenig den Mund, dann spreizt er den Zeigefinger vom Glas ab und zeigt damit auf die anderen: »Aber ich warne euch. Es ist voller Liebesgedichte. Gebrochene Herzen und so Sachen. Eigentlich nicht das Richtige für Natascha jetzt.«

»Stimmt«, sagt Damian, »das ist nicht ideal.«

»Hast du es bereits gelesen?«, fragt Johannes.

»Nur das erste Gedicht.«

Natascha steht auf, um Taschentücher zu holen. Als sie zurückkommt, fragt sie: »Worüber redet ihr?«

»Über die Widmung in Johannes' Gedichtband«, antwortet Damian. »Ich habe ihn gerade gefragt, wer die Person ist.«

»Und?«

Johannes nimmt noch einen kräftigen Schluck aus seinem Whiskeyglas. »Meine Ex-Freundin«, antwortet er und weicht den Blicken der anderen aus, indem er die Wand neben sich anstarrt, »Ich hätte diese Gedichte nie veröffentlichen sollen.«

»Komm schon«, sagt Natascha, »sie sind bestimmt sehr gut.«

»Aber zu persönlich«, sagt Johannes.

Damian sagt nachdenklich: »Das habe ich neulich bei einem anderen Autor auch gedacht, beziehungsweise bei zwei Autoren. Ocean Vuong reißt sich das Herz auf für die Welt. Und Sheila Heti erzählt so schonungslos über ihr Leben, dass es gar keine Rolle mehr spielt, ob es autobiografisch ist oder fiktiv.«

Johannes nickt.

»Ja, Vuong habe ich auch gelesen. Hat was Brutales.«

»Aber Gedichte wirken ja per se weniger real, weil sie nicht so geschrieben sind, wie man spricht«, versucht Damian abzuwiegeln. Dann fragt er: »Waren die Verkaufszahlen deines Buches denn hoch?«

»Ja, unerwartet hoch«, sagt Johannes, so wie jemand, dem etwas Dummes passiert ist.

»Okay«, sagt Damian und bemüht sich, ein Schmunzeln zu unterdrücken. »Shit happens, könnte man jetzt sagen. Oder Glück im Unglück.«

»Ja, weiß auch nicht«, entgegnet Johannes. Er streckt sich, als ob er gerade aufgestanden wäre, und fügt hinzu: »Ist ja eigentlich auch ein bisschen witzig.«

»Ein bisschen«, sagt Damian und lächelt.

»Könnt ihr mir bitte ein Beispiel geben?«, fragt Natascha. »Ich weiß nicht, wovon ihr redet. Johannes kann sich ja die Ohren zuhalten.«

Damian blickt Johannes fragend an. Der schiebt die Ärmel von seinem Sweatshirt nach oben und legt sich beide Hände auf die Ohren. Mit einem Nicken bedeutet er Damian, dass er so weit ist. Als Damian anfängt, vorzulesen, summt Johannes leise vor sich hin und wiegt seinen Kopf nach rechts und links.

Brich mir das Herz

Brich mir das Herz.
Ich hab deines zerschmettert.
Ich geb es dir zurück.
Du stehst vor mir.
Unfassbar.
Wie aus einem anderen Leben.
Die Leichtigkeit,
sie passt nicht zu dem Schmerz.
Kein Gefühl.
Keine Zeit.
Kein Geschrei.

»Okay, überzeugt«, sagt Natascha, »das ist wirklich nicht ideal für akuten Liebeskummer.«

Johannes hat aufgehört, zu summen, und nimmt die Hände von den Ohren. »Bitte sagt nichts Gemeines darüber, das würde ich nicht ertragen.« Er greift nach dem Whiskeyglas und trinkt den Rest. Dann füllt er es noch einmal auf und spricht weiter: »Das, meine Lieben, passiert eben, wenn man in der Kunst zu viel mit Gefühl arbeitet. Ich meine, darüber hätten wir kürzlich gesprochen.«

Damian nickt.

»Es ist aber der einfachste Anhaltspunkt.«

»Das stimmt, aber man darf es nicht übertreiben«, antwortet Johannes. Er zeigt mit einer Hand in Richtung des Buches auf Damians Tisch. »Sonst passiert so was.«

»Mir würde es gefallen, wenn ich nicht gerade total verletzt wäre«, sagt Natascha.

In dem Moment kommt aus dem Flur hinter ihr ein lautes Geräusch. Jemand ist durch die Eingangstür hereingekommen. Natascha steht auf und schließt die Küchentür so weit, dass sie vom Flur aus nur noch in einem Spalt zu sehen ist.

»Hey«, sagt sie zu Kyle, »wo ist Yolanda?«

»Sie ist nach Hause gegangen«, antwortet er gut gelaunt.

»Warum?«

»Weil sie das Gefühl hat, dass du etwas Ruhe brauchst«, antwortet er mit einem freundlichen Zwinkern. »Da hat sie wohl nicht ganz unrecht.«

»Ruhe?«, schreit Natascha fassungslos, »Ruhe?«

Kyle erstarrt auf dem Weg in sein Zimmer und wird bleich. Natascha hat ihn noch nie angeschrien. Er hebt ratlos die Schultern: »Etwa nicht?«

Ihr eisiger Blick durchbohrt ihn. Er weicht einen Schritt zurück.

»Die einzige Ruhe, die ich brauche, ist vor eurem Geficke in meiner Küche«, schleudert sie in seine Richtung.

Kyle wird noch weißer. Dann setzt er ein Lächeln auf.

»Natascha, wovon redest du?«

Sie öffnet die Tür ein Stück weiter und geht einen Schritt in den Flur hinaus.

»Pack deine Sachen und geh. Sofort«, schreit sie.

»Das geht doch nicht«, antwortet er aufgebracht. »Natascha, lass uns in Ruhe reden.«

»Du verschwindest sofort«, schreit Natascha zurück.

Sein Blick verengt sich.

»Wo soll ich um diese Zeit denn hingehen?«, fragt er.

»Ist mir scheißegal«, antwortet Natascha frostig. »Ich gehe jetzt wieder in die Küche, und wenn ich in einer halben Stunde rauskomme, bist du weg. Deinen Scheiß kannst du wann anders abholen kommen«, sagt sie und wirft ihre Hand in Richtung seines Zimmers.

Mit diesen Worten geht sie zurück in die Küche und knallt die Tür zu.

»Klare Worte«, sagt Damian anerkennend, als sie wieder an ihrem Platz sitzt.

»Wow«, sagt Johannes, »wir haben gerade einen Live-Rauswurf miterlebt. Das ist das volle Leben hier.«

»Soll mal noch einer sagen, dass durch die Mediennutzung das soziale Leben verarmt«, schnaubt Natascha. »Habt ihr gesehen, was das für ein Idiot ist?«

Beide nicken.

»In so einem Fall ist mir das Online-Leben lieber, als dass ich mich mit so einer Schabracke abgeben muss im echten Leben«, fügt sie hinzu. »So, wo waren wir?«

Johannes schüttelt den Kopf und nimmt wieder einen Schluck.

»Nicht mich fragen«, sagt er leicht angetrunken, »ich lasse mich gerade fallen und gehe einfach mit dem Flow.«

»Vielleicht solltest du die Flasche langsam zur Seite stellen«, sagt Damian.

»Echt?«, fragt er. »Das wäre doch schade. Ich fühle mich gerade sehr frei.«

»Ich fühle mich gerade auch erstaunlich gut«, sagt Natascha. »Jemanden so anzuschreien, kann richtig befreiend sein.«

»Ich glaube, der Kerl ist traumatisiert für sein Leben«, sagt Damian.

Natascha lacht grimmig.

»Darauf werde ich mir nachher auch ein Gläschen gönnen, sobald die gezupfte Schabracke aus dem Haus ist.«

»Ge-zupft?«, fragt Johannes irritiert und schiebt seinen Kopf ein Stück nach vorne wie eine Schildkröte.

»Er zupft sich die Augenbrauen und verwendet Rizinusöl für die Pflege«, antwortet Natascha.

»Oha«, sagt Johannes, »das, ähm, muss ich googeln.«

13

Damian streckt sich im Bett. Es war eine dieser hilflosen Nächte voller Albträume. Gegen vier Uhr morgens ist er wach geworden. Er hat geträumt, dass seine eigene Mutter ihn töten wollte. Jemandem, der normal schläft, hätte er diese Albträume bisher nicht erklären können, dafür fehlten ihm die Worte. Heute Nacht wusste er sie plötzlich. Es ist Grauen, was man empfindet. Wenn man aufwacht, kommt die Hilflosigkeit hinzu, weil man das Erleben nicht rückgängig machen kann. Man hat die Bilder gesehen, sie brennen sich entweder ins Gedächtnis oder, noch schlimmer, ins Unterbewusstsein. Wie wenn man einen Unfall gesehen hat. Spritzendes Blut. Es ist geschehen. Zu spät, um den Blick abzuwenden.

In letzter Zeit wacht er schon davon auf, dass sich das Grauen anbahnt, und nicht wie sonst, wenn er bereits mittendrin ist. Wenn er dann ganz wach wird, realisiert, wo er ist, seinen Körper spürt und erst danach wieder einschläft, kommt meistens kein Albtraum zurück. Wenn er aber nur kurz im halb bewussten Zustand bleibt und gleich wieder einschläft, geht sein Traum nahtlos weiter, als sei er gar nicht aufgewacht.

Er hat seit seiner Kindheit Albträume. Manchmal jede Nacht, manchmal monatelang nicht. Sie sind eine Qual für ihn, die er mit Würde erduldet. Er erzählt niemandem davon und trägt die nächtliche Erfahrung als eine Form von Wissen in sich – wie jemand, der etwas Schreckliches erlebt hat.

Damian schiebt die Decke mit seinen Füßen weiter nach unten, sodass sie ihn nur noch von den Knien abwärts bedeckt. Er streckt beide Arme aus und gähnt. Draußen ist es hell, aber bewölkt. Für heute hat er sich vorgenommen, die Technik auszuprobieren, die Natascha vor ein paar Tagen vorgeschlagen hat. Die eigene Geschichte so aufzuschreiben, als ob man sie selbst gewählt hat. Er reibt sich das Gesicht und gähnt noch einmal. Dann steht er auf.

Nachdem er geduscht und gefrühstückt hat, will er sich gerade an seinen Schreibtisch setzen, als er vor seiner Wohnungstür ein Geräusch hört. Er hält inne und lauscht. Leise schleicht er zur Tür und schaut durch den Spion. Es ist nichts zu sehen, nur das automatische Flurlicht ist angegangen. Er schließt die Tür auf und blickt sich schnell um, als plötzlich etwas Weiches an seinem Bein entlangstreicht.

»Falicia«, ruft Damian erschrocken.

Die Katze ist bereits in seine Wohnung marschiert. Er schließt die Tür und dreht sich zu ihr um. Sie schauen sich einen Moment schweigend an.

»Na, du Bitch«, sagt Damian in die Stille.

Falicia blickt ihn unverwandt an. Dann dreht sie sich um und läuft schnell in Richtung Küche, wo ihre Ess- und Trinkstation steht. Damian folgt ihr in die Küche. Falicia findet die Näpfchen leer und sauber ausgewaschen vor. Sie schaut ihn vorwurfsvoll an und legt den Kopf

schief. Damian lehnt sich mit der Hüfte an die Arbeitsfläche und verschränkt die Arme.

»Du kleine Bitch«, wiederholt er.

Sie duckt sich nach unten und sucht mit der Schnauze
noch einmal die Schälchen ab. Nichts, kein Essen. Sie
blickt wieder vorwurfsvoll zu ihm hoch.

»Was?«, fragt er. »Glaubst du etwa, dass das funktioniert? Wenn du etwas willst, bekommst du es sofort von
mir. Aber mich strafst du mit tagelangem Liebesentzug,
weil die Vermieterin fettigeres Futter hat? Das ist unfair.«

Falicia schaut geradeaus an die Wand vor sich, immer
noch geduckt. Dann wird sie ungeduldig. Sie schubst mit
der Schnauze gegen das Metallschälchen und blickt zu
Damian hoch.

»Du bist so eine verdammte Bitch«, antwortet
Damian langsam. Dann füllt er zuerst das Trinken und
dann das Essen in die Schälchen. Als Falicia zufrieden
schmatzt, geht er aus der Küche und sagt laut: »Ab jetzt
werde ich dich ›Bitch‹ nennen.«

Falicia schaut kurz hoch und widmet sich dann wieder
ihrem Fressen. Damian setzt sich an den Tisch und
beginnt zu arbeiten. Nach ein paar Minuten hört er, wie
das Fressnäpfchen gegen den Fliesenboden gedrückt
wird. Es scheppert zweimal, dreimal. Er hebt den Blick
und sieht, wie Falicia im zügigen Trab aus der Küche an
ihm vorbeiläuft. Sie würdigt ihn keines Blickes. Vor der
verschlossenen Wohnungstür bleibt sie sitzen und schaut
hoch zur Klinke. Damian beobachtet sie und beschließt,
ihr Verhalten zu ignorieren.

»Miau.«

»Nein«, antwortet Damian energisch in derselben Sekunde.

Er hört, wie Falicia sich jetzt das Fell leckt. Er bleibt regungslos mit dem Rücken zu ihr am Tisch sitzen, als würde er arbeiten. Sein Blick geht starr geradeaus auf den staubigen Heizkörper, während er wartet, was Falicia als Nächstes macht. Es ist verdächtig still. Damian heftet seinen Blick noch fester an den Heizkörper; dieses Spiel soll sie nicht gewinnen. Nach etwa einer Minute hält er es nicht mehr aus. Er dreht seinen Kopf und schaut zur Tür. Falicia steht immer noch erwartungsvoll und regungslos vor der Tür. Sie schaut ihn mit ihren gelben Augen unterwürfig an. So als hätte er sie unrechtmäßig behandelt, aber sie wäre ihm trotzdem treu ergeben.

Damian wird zornig.

»Du bist so eine kleine, verdammte Drecksnutte«, schleudert er in ihre Richtung und steht auf, sodass der Stuhl nach hinten umfällt und krachend auf dem Boden aufschlägt. Falicia zuckt zusammen und flüchtet sich an die Tür des Einbauschranks im Eingangsbereich. Sie drückt sich gegen die Schranktür und starrt geradeaus, als hätte sie gerade eine Maus entdeckt. Damian ist mittlerweile an der Tür angekommen: »Behandel mich nicht wie einen Mörder. Ich habe nur einen Stuhl umgeworfen.«

Falicia starrt unverwandt geradeaus. Dann erhebt sie sich leise und schleicht zwischen Damian und die Wohnungstür.

»Ach so, du hast doch keine Angst vor mir. Du hast nur so getan«, sagt er. »Bist du dir eigentlich bewusst, wie manipulativ du dich verhältst?«

Falicia ignoriert ihn. Mit ihrem Köpfchen streicht sie an der Kante der Wohnungstür entlang. Immer wieder.

Damian spürt in sich einen Zorn aufsteigen, wie er ihn schon lange nicht mehr gespürt hat. Dann sagt er leise, in gehässigem Tonfall: »Du bist nur eine Katze, aber so verdammt dumm, dass ich dich am liebsten mit einem Tritt und im hohen Bogen aus meinem Leben befördern möchte. Du falsches, kleines Scheißding.«

Damian spürt die in seinem Brustkorb zirkulierende Wut, und zu seiner eigenen Überraschung fühlt sich das gut an. Es durchströmt ihn ein Gefühl von Lebendigkeit; die monotone Watte der vergangenen Wochen weicht.

»Das ist gut«, sagt er in sanfterem Ton zu Falicia. »Du regst mich auf ... du regst mich so richtig auf. Wo waren diese Emotionen nur in letzter Zeit?«

Falicia beobachtet ihn aus geduckter Stellung. Damian könnte schwören, dass ihr Blick sagt, dass sie ihn für durchgeknallt hält. Er spürt wieder die Wut in sich, wie sie in seinem ganzen Körper Energie freisetzt. Plötzlich ist er nicht mehr böse. Er geht in die Knie.

»Alles gut, Falicia«, sagt er. »Tut mir leid, dass ich dich als ›Bitch‹ und ›Nutte‹ bezeichnet habe.«

In Falicias Blick ist ein Anflug von Panik erkennbar. Sie wendet den Blick ab und beginnt ihre Vorderpfoten zu lecken. Damian zuckt mit den Schultern. Er erhebt sich wieder und schließt die Tür auf. Als Falicia das Drehen des Schlüssels im Schloss hört, zuckt sie euphorisch mit den Ohren und läuft hinter Damian vorbei und durch die Tür in den Flur, als sie gerade einen Spalt geöffnet ist.

»Geh du untreues Biest«, sagt Damian, »geh.«

Er schließt die Tür hinter ihr und geht zurück an seinen Schreibtisch. Erschöpft von den Emotionen sinkt er auf seinen Stuhl und schüttelt den Kopf. Er atmet ein paar Mal aus und öffnet das Fenster. Dann nimmt er wieder seinen Stift in die Hand und beginnt zu schreiben.

Als er sich am Nachmittag in die Closerie einloggt, sind Natascha und Johannes schon da. Wie fast immer.

»Leute, ich habe es heute wieder einmal versucht mit diesem autobiografischen Schreiben. Ich kann das nicht«, sagt Damian. »Ich bin zwar fertig mit der Story, aber ich bleibe dabei: Ich kann das nicht.«

Natascha zögert.

»War das ... äh ... eine logische Aussage?«, fragt sie und tippt sich mit dem Zeigefinger an die Lippe, als würde sie nachdenken.

»Was hast du gesagt?«, fragt Johannes, »du hast es gemacht, aber du kannst es nicht?«

»Genau.«

»Wie hast du es dann gemacht?«, fragt Natascha und postet einen verwirrten Smiley, der über ihr Videobild hopst.

»Ich weiß nicht. Ich konnte es tun. Aber ich werde es euch nicht zeigen können.«

Johannes seufzt.

»Ich hab es immer noch nicht gemacht«, sagt Natascha und lässt pinke Schmetterlinge um ihren Kopf fliegen.

»Was hast du denn da entdeckt?«, fragt Johannes. »Ist genau dein Ding, oder?«

»Die Sticker sind fantastisch«, antwortet sie.

Dann galoppieren Zebras durch ihr Bild. Sie schaut ihnen begeistert hinterher. Es ist Johannes anzumerken, dass er es nicht lustig findet. Er steht auf und läuft aus dem Bild.

»Warum ist er heute so bierernst?«, fragt Natascha, während sie sich durch etliche Emoticons klickt, die nacheinander auf ihrem Bildschirm aufpoppen.

Damian zuckt mit den Schultern und dreht sich mit dem Oberkörper leicht zur Seite. Die Unterhaltung interessiert ihn nicht. Wenn er aus dem Fenster blickt, sind die Bäume im Innenhof schon zur Hälfte grün. Bald werden sie fett und satt strahlen. Dann fällt sein Blick auf die Fensterrahmen aus Eichenholz. Sie passen zu den großen terrakottafarbenen Fliesen auf dem Küchenboden, bilden einen warmen Kontrast. Sein Blick wandert weiter zu dem von Falicia leergeschleckten Schälchen. Er steht reflexartig auf, hebt das Schälchen vom Boden auf und wäscht es ab. Ordnung zu schaffen war schon immer eine seiner liebsten Methoden, um Erinnerungen vergessen zu machen. Nach Partynächten während seiner Studienzeit hat er nach dem Aufstehen zuerst alle Spuren der Nacht beseitigt. Tabakkrümel entfernt, Haschisch weggeräumt, den Tisch gewischt, Geschirr abgewaschen, Flaschen weggebracht. Und das alles, bevor er gefrühstückt oder Kaffee getrunken hatte. Es würde ihm nie in den Sinn kommen, in so einer Umgebung zu frühstücken, wenn der Geruch der Nacht noch in der Luft liegt. Der Schmutz von Alkohol und Drogen, den er und seine Freunde verursacht haben. Der Schmutz, der in der Nacht so angenehm verrucht erscheint und am helllichten Tag wie klebrige Dummheit vor sich hin modert.

Damian setzt sich wieder auf den Stuhl vor dem Bildschirm. Johannes' Platz ist immer noch leer. Natascha drückt leise summend Farbe aus einer Tube auf eine kleine Holztafel vor sich.

»Okay, Johannes scheint wirklich nicht so gut drauf zu sein«, sagt Damian. Natascha hebt den Blick und senkt ihn wieder auf die Farbtube. Dann nickt sie und summt leise weiter.

»Wieso willst du eigentlich malen?«, fragt er. Natascha hört auf zu summen. Sie hebt den Kopf und schaut Damian fragend ins Gesicht.

»Wie bist du darauf gekommen?«, fügt er hinzu.

In diesem Moment kommt Johannes dazu. Mit einer Bierflasche in der Hand schwingt er sich wieder auf seinen Platz und nickt den anderen beiden zu.

»Moin«, sagt er und stellt die Bierflasche auf den Tisch.

Damian nickt zum Gruß.

»Ich will malen, weil ich immer wieder den Wunsch hatte, mich über meine Hände auszudrücken. Aber ich wusste nicht wie.« Natascha hebt ihre Hände und betrachtet sie. Dann hält sie sie in die Kamera, sodass sie auf den Bildschirmen der anderen ganz groß sind, und sagt: »Hier drin steckte immer wieder das Bedürfnis, etwas zu gestalten, ein schönes Bild zu malen, aber wenn ich dann in einem Anfall damit angefangen habe, ist nur mickriges Gekritzel dabei herausgekommen. Jetzt will ich es richtig machen. Nicht nur mit einem Buntstift, den ich noch aus meiner Kindheit herumliegen habe. Mit richtigen Farben, mit Leinwand. Bis etwas dabei herauskommt, das mir gefällt.«

»Klingt nachvollziehbar«, sagt Damian nickend.

Natascha wirft eine Brausetablette in das Wasserglas vor ihr auf dem Tisch. Es zischt, und die durchsichtige Substanz wird hellgelb.

»Na, nervt dich das auch?«, fragt sie an Johannes gerichtet.

»Nein ...«, antwortet er.

»Sicher?«, fragt sie.

»Nein, aber ich bin zu dem Schluss gekommen, dass du so viel bunten Krach machen können sollst, wie du willst. Wir sind ja alle erwachsen.«

»Wow, was für eine Erkenntnis«, sagt Natascha.

»Mich nerven halt so Spielereien«, verteidigt sich Johannes.

»Du musst dich mal ganz dringend entspannen.« Nataschas Ton klingt jetzt angriffig. »Es waren nur ein paar Smileys.«

»Ja, nervige Smileys«, antwortet er.

Natascha verdreht die Augen und landet mit ihrem Blick wieder bei Damian.

»Was ist mit dir?«, fragt sie. Ihr Ton ist noch gereizt wegen Johannes.

Er zeigt auf sich und blickt sie fragend an: »Was soll mit mir sein?«

»Wieso schreibst du?«, fragt sie. »Du könntest ja auch zeichnen zum Beispiel.«

»Meine Welt war schon immer die der Sprache. Ich mochte Wörter von klein auf. Ich liebe Abstraktes, aber klar Umrissenes. Buchstaben statt Symbole oder Abbildungen. Und was du mit den Händen hast, habe ich mit dem Kopf. Das, was da drin ist, will ich rausholen. Und das geht am besten über Sprache.«

»Okay«, sagt sie. »So hat doch jeder seine Gründe.«

»Wieso schreibst du Gedichte, Johannes?«, fragt Damian.

Johannes ist noch eingeschnappt und lässt sich Zeit mit der Antwort. Er schweigt etwas zu lange, sodass die anderen merken, dass er gereizt ist. Dann antwortet er nur an Damian gerichtet.

»Weiß nicht, ich habe immer einfach Gedichte geschrieben, weil das die logischste Form war für mich.«

»Hast du mal etwas anderes probiert?«

»Nicht so richtig. Klar, ich hab etliche Versuche herumliegen von aller möglichen Prosa und Skizzen und so weiter. Aber nichts davon hat wirklich Form bekommen. Nur die Gedichte. Die werden immer fertig.«

»Immer?«, fragt Damian.

»Meistens.«

»Wie lange brauchst du für ein Gedicht?«, fragt Natascha.

Johannes zögert wieder mit der Antwort.

»Manchmal zehn Minuten, manchmal einen Tag oder eine ganze Woche.« Er errötet leicht. »Das kommt ganz darauf an, wie akut es ist.«

»Akut?«

»Ja, akut.«

Damian versucht, Johannes eine Brücke zu bauen, und fragt: »Du meinst, es hängt davon ab, wie stark du es fühlst?«

»Ja, so in etwa.« Johannes' Blick wandert zur kahlen Wand neben dem Küchentisch.

»Ähm«, sagt Natascha, »hattest du nicht gesagt, dass du aufgehört hast, mit Gefühlen zu arbeiten?«

Johannes' Blick bleibt an der kahlen Wand hängen. Seine Augen suchen sie ab, als gäbe es an ihr etwas zu entdecken. Doch da ist nichts. Weiß verputzt strahlt sie stumm in den Tag.

»Ja«, sagt er plötzlich und hebt den Kopf wieder in die Kamera. »Ja, richtig, das hatte ich gesagt. Da ging es aber darum, dass man seine Gefühle unmittelbar in Kunst übersetzt. Das mache ich nicht mehr. Aber Gedichte vermitteln eigentlich immer ein Gefühl, also kann ich hier auch nicht dissozial sitzen.«

»Und was ist dann das Akute?«, fragt Damian.

»Das bezieht sich darauf, wie akut mein Bedürfnis ist, ein Gedicht zu schreiben. Manchmal brennt einem eine Idee im Kopf. Das kennst du bestimmt auch.«

Damian wippt mit dem Kopf Richtung Fenster und wieder zurück.

»Ja«, sagt er gedehnt, »aber bei mir gibt es da ein Problem.«

»Was?«, fragt Natascha. »Erzählt doch einfach mal flüssig, dann müssen die anderen nicht so viele Nachfragen stellen.«

Damian blickt Natascha mit einem unschuldigen Augenaufschlag an, sodass Natascha ihre Aussage sofort zurückzieht: »Tut mir leid, Kleiner. Du bist so süß, für dich gilt das natürlich nicht.«

Damian fängt an zu erzählen.

»Mir brennt ziemlich oft etwas akut im Kopf. Oder irgendwo anders im Körper ...« Damian sucht nach den richtigen Worten. Sein Blick schweift durch seine Küche, an den hölzernen Schränken entlang. Sie sind aus dem gleichen Eichenholz wie die Fensterrahmen.

»Ich will dann unbedingt schreiben. Aber nur theoretisch. Wenn ich mich an den Computer setze, passiert nichts, meine Gedanken schweifen ab, und plötzlich prokrastiniere ich. So gehen mir Tag für Tag gute Gedanken verloren. Ich muss mich sehr überwinden, den Fokus auf das Schreiben zu richten, sonst schaffe ich es nicht, das aus meinem Kopf auf das Papier vor mir zu bringen. Wisst ihr, was ich meine?«

Natascha verzieht ihre Lippen zu einer Schnute, während sie überlegt. Dann schüttelt sie langsam den Kopf.

»Bei mir funktioniert es anders. Ich habe keine Idee und fange einfach an zu malen. Und plötzlich entsteht dabei ein ganzes Bild. Nach einer Stunde oder so trete ich zurück und staune darüber, was ich erschaffen habe.«

»Nicht schlecht«, sagt Johannes anerkennend, der seinen Ärger für einen Moment vergessen hat. »Einfach mal den Pinsel vor die Leinwand halten und warten. Bis es anfängt, zu brennen.«

»Genau das ist es«, ruft Natascha und zeigt auf Johannes, wie man auf jemanden zeigt, der etwas Wichtiges gesagt hat.

»Und unser lieber Damian brennt schon vorher und verheddert sich dann.«

Natascha klatscht in die Hände.

Damian nickt traurig.

»Was ist falsch mit mir, Johannes?«

»Ja, erklär uns das«, sagt Natascha.

»Wieso eigentlich immer ich?«, fragt Johannes mürrisch. Der Ärger ist plötzlich wieder in ihm aufgestiegen.

»Weil du der Einzige bist, der das versteht«, sagt Damian. »Natascha und ich sind hilflos und landen ab und zu mal einen Glückstreffer.«

»Genau«, pflichtet Natascha ihm bei.

Johannes zuckt mit den Schultern.

»Ich weiß es auch nicht.«

»Komm schon.«

»Nein, ehrlich. Ich habe keine Ahnung«, sagt er.
»Bloß weil ich schon mal einen Gedichtband veröffentlicht habe, bin ich nicht der Krösus der Kreativität.«

Natascha kichert.

»Den Einwand kann ich jetzt irgendwie verstehen«, sagt sie.

»Na gut«, seufzt Damian, »dann checke ich es eben einfach nicht.«

Er denkt zurück an den Tag, als er Johannes' Gedichtband in einer Genfer Buchhandlung bestellt hat. Die Mitarbeiterin hat ihn verdutzt angeschaut, als er den Namen und Titel gesagt hat. Einen Moment lang dachte er, dass es ihm wie so oft in der Apotheke ergehen würde. Wenn er nach einem Medikament fragt und die Apothekerin sein Frankreich-Französisch hört, blickt sie auf und sagt schnell und bestimmt über ihren Brillenrand hinweg: »Dieses Produkt ist französisch, das haben wir nicht.«

Damian schüttelt in solchen Momenten üblicherweise mit dem Kopf und schweigt, um seinem Gegenüber die Möglichkeit zu geben, über die Absurdität dieser Aussage nachzudenken. Dann sagt er langsam: »Nein ... beziehungsweise weiß ich nicht, welche Nationalität dieses Produkt hat. Aber ich habe es hier schon gekauft.«

Die Apothekerin spitzt die Lippen, sodass sie nicht mehr sprechen kann. Als ob sie es sich selbst verunmöglichen wollte, eine weitere Äußerung zu machen. Sie senkt den Blick und tippt in den Computer den Namen ein, um den Beweis anzuführen. Sie lässt sich Zeit, schweift mit dem Blick mehrfach über den Bildschirm, bis sie zugibt, dass es das Medikament auch hier gibt. Ab diesem Moment der Niederlage spricht sie über das Produkt in einem Ton, als ob es aussätzig wäre.

Die junge Kassiererin in der Buchhandlung kommt nicht auf die Idee, dasselbe zu sagen. Geht auch nicht, es ist ein deutscher Titel. Und Joshua Vries wahrscheinlich kein Franzose. Ihr scheint etwas anderes über die Leber gelaufen zu sein. Mit lang gestreckten Fingern tippt sie Buchstabe für Buchstabe in ihr Gerät. Dann ein leises, scharfes »Ah«, ein langer Blick und dann die mitleidsvolle Erklärung, dass die Lieferung eine Weile dauern würde. Damian nickt. Kein Problem. Am selben Abend hatte er bereits die Bestätigung erhalten, dass die Bestellung eingetroffen war.

»Kennt ihr das schlimme Gefühl am Ende eines Tages, an dem man nichts geschafft hat?«, fragt Damian. »Hemingway nennt es die ›Todeseinsamkeit, die am Ende jedes Tages kommt, den man in seinem Leben vergeudet hat‹.«

»Oh, ich weiß, was er meint«, sagt Johannes seufzend.

»Für dieses Gefühl gibt es eine Beschreibung«, sagt Natascha begeistert. »Diese unspezifische, widerliche Leere. Manche Leute empfinden das jeden Tag, wenn sie sinnlos im Büro rumgesessen haben.«

Jetzt kichert Johannes.

»Kein Wunder, dass die alle kompensieren müssen.«

Natascha lacht böse.

»Und wie die kompensieren«, fügt Damian hinzu, »der tägliche menschliche Abgrund. Immer wieder eine schöne Vorlage.«

»Schreibst du darüber in deinem Buch?«, fragt Natascha.

»Ich schreibe über Menschen, ja, aber nicht über ihre Arbeit. Nicht direkt«, antwortet Damian.

»Sondern?«

»Über ... ich weiß nicht genau, wie man das nennt. Es ist eine Geschichte über Beziehungen und über die Angst vor den eigenen Genen. Kennt ihr das?«

»Oh«, sagt Johannes, »spontan würde ich jetzt Ja sagen. Aber das ist mal ein Thema.«

»Lies uns doch ein paar Seiten vor«, bittet Natascha. »Das klingt wirklich interessant.«

»Nein, nein«, Damian winkt ab.

»Warum nicht?«

»Das sollte man nicht tun.«

»Hat Hemingway das gesagt?«, fragt Johannes.

Damian nickt ernst.

»Es ist nicht gut.«

»Was hat Hemingway genau gesagt?«, fragt Natascha.

Damian steht auf und geht in das andere Zimmer. Kurze Zeit später kommt er mit einem Buch in der Hand zurück. Er setzt sich wieder hin und blättert. Die anderen warten.

»Hier«, ruft Damian nach ein paar Minuten und liest vor: »Ich las sogar aus dem Roman vor, den ich umgeschrieben hatte, was so ziemlich das Schlimmste ist, was ein Schriftsteller tun kann, und für ihn als Schriftsteller viel gefährlicher als unangeseilt auf Gletschern Ski zu laufen, bevor die Spalten vom Schnee sicher überdeckt sind.«

Natascha nimmt einen Schluck aus dem Wasserglas mit der Brausetablette.

»Aber warum?«, fragt sie.

Damian zuckt mit den Schultern.

»Ich weiß es nicht. Aber ich halte mich daran.«

»Hm«, antwortet sie. »Ich glaube, ich sollte mir auch so einen intellektuellen Patron zulegen. Jemanden, den ich konsultieren kann für Ratschläge im täglichen Leben. Meinetwegen eine tote Person, so wie bei dir.«

»Ich hätte auch gerne jemanden auf der Schulter sitzen, den ich immer nach seiner Meinung fragen kann und der meine Überlegungen spiegelt«, sagt Johannes. Mit einer Hand reibt er sich die Stirn. Sein dickes, schwarzes Haar fällt ihm etwa eine handbreit ins Gesicht. Er greift mit der Hand nach seinem Haar und hält es so vor sich, dass er es sehen kann.

»Was ist mit deinen Haaren?«, fragt Natascha, die ihn beobachtet.

»Ich weiß nicht«, antwortet Johannes, »ich überlege, ob ich zum Friseur gehen sollte.«

»Nie verkehrt«, antwortet Damian. Er schiebt seinen Stuhl zurück und steht auf, sodass er mit dem Arm über den Laptop greifen kann, um eine Orange vom Fensterbrett zu nehmen. Er beginnt, die Orange zu schälen, Stück für Stück. Anschließend entfernt er sorgfältig jede weiße Faser, die er finden kann. Minutenlang schält er die Orange, während Johannes schweigend seine Haare und seine Hände betrachtet. Natascha beobachtet die beiden.

»Ich verfalle in einen meditativen Zustand, wenn ich dir beim Orangenschälen zuschaue«, sagt sie. »Diese Ruhe hätte ich auch gerne.«

Damian lächelt mit einem Mundwinkel und zieht mit seinen großen Händen vorsichtig die Orangenstücke auseinander.

»Es ist echt mühselig«, antwortet er, »aber es lohnt sich. Eine gut geschälte Orange schmeckt so viel besser, als wenn da noch das ganze weiße Zeug dranhängt.«

»Ich weiß«, antwortet Natascha mit einem Nicken. »Trotzdem hätte ich nie im Leben die Geduld, mich so ruhig mit einer Orange zu befassen.«

Jetzt lächelt Damian richtig, mit beiden Mundwinkeln.

»Wie gesagt, es lohnt sich«, wiederholt er noch einmal und schaut sie mit einem sanften Blick an, der ihr unter die Haut geht.

14

Die Ehrwürdigkeit von Genf geht mir heute auf die Nerven. Perfekt angeordnet, dieser Jugendstil und Prunk. Der See, die schönste Kulisse der Welt, wenn es langsam Sommer wird. Es ist Anfang Mai, und Touristen strömen in Scharen durch die Straßen. Heute gehe ich nach dem Schreiben im Wald spazieren. Es duftet so gut nach frischem Holz und blühenden Pflanzen. Stöckchen, die mit weicher Erde verklebt sind, werden durch meine Schritte durch die Luft gewirbelt. Es strömt schon jetzt eine milde Wärme durch die Bäume und das Unterholz. Ich habe einen Kapuzenpullover an und beide Hände in der Vordertasche am Bauch. Wie schön es hier ist.

Ich komme auf eine Lichtung. Links eine wilde Wiese. Der Weg führt an ihrer Seite entlang, gesäumt von Bäumen. Am Rand stehen in regelmäßigen Abständen eine Bank und ein Abfalleimer. Es sind nur wenige Menschen unterwegs. Jedes Grüppchen ist mit sich beschäftigt. Nur ich bin allein. Und ein Mann, der langsam aus der entgegengesetzten Richtung auf mich zuläuft. Er hat die Hände in den Taschen seiner leichten Jacke und bleibt immer wieder stehen, lässt den Blick schweifen, schaut sich eine Blume am Wegesrand an und geht wieder weiter. Ich schaue weg und sehe eine junge Familie: Die beiden kleinen Kinder rennen wild umher und ignorieren alle Interventionen ihrer Eltern. Erst wenn der Vater seinem Sohn das Brötchen direkt vor das Gesicht hält, greift der zu, rennt aber sofort weiter, ohne auf die zugehörigen Anweisungen zu hören. Ich empfinde eine gewisse Sympathie für die Freiheit, die sich der kleine Junge so unbefangen nimmt. Ich wünschte mir, dass ich als Kind auch so gewesen wäre, so völlig unbeeindruckt von den Erwachsenen. Schon neulich am See habe ich Kinder beim Spielen gesehen. Die heutigen Dreijährigen erscheinen mir selbstbewusster, als ich es je war.

Als ich den Blick wieder abwende und auf den Weg vor mir schaue, ist der Mann nur noch wenige Meter von mir entfernt. Plötzlich erkenne ich in ihm Paulo Coelho. Er hat den Blick ebenfalls auf mich gerichtet, löst sich aber wieder und wandert weiter, um die anderen Personen und die Umgebung zu betrachten. Es ist nicht das erste Mal, dass wir uns hier begegnen. Aber es ist das erste Mal, dass er allein unterwegs ist. Ich beobachte ihn, wie er dem jungen Paar kurz zunickt, das ihn wahrscheinlich erkennt. Sie haben aufgehört, ihren Kindern hinterherzurufen, und blicken ihn bewundernd an. Auch ich bin beeindruckt, obwohl ich es gar nicht sein will. Er strahlt etwas so Friedliches aus, und trotzdem ist da eine lebendige Unruhe, wie er die Umgebung anschaut und seine Gedanken zu schweifen scheinen. In den vier Jahren, die ich hier in der Nähe wohne, bin ich ihm vielleicht zweimal begegnet. Heute ist es das dritte Mal. Ich würde ihm gerne sagen, dass ich seine Art, zu schreiben, bewundere. Aber wozu? Über 200 Millionen Mal wurden seine Bücher verkauft. Ich muss ihm das nicht sagen.

Ich bin stehen geblieben. Meine Gedanken haben mich ausgebremst. Ich stehe, obwohl mein Gehirn glaubt, ich würde noch laufen. Unter meinen Füßen spüre ich wieder den weichen Boden. Mechanisch ziehe ich den Pullover aus, die Luft wabert immer wärmer um mich herum. Paulo Coelho ist weitergegangen, an mir vorbei, und die Familie hinter ihm her. Ich stehe allein auf dem Weg und bin unschlüssig. Wie so oft in solchen Momenten greife ich nach meinem Handy. Wenn ich irgendwo in der Leere stehe und nicht weiterweiß, gibt es wenigstens noch das. Und es kann mir alles bieten. Ablenkung, Inhalt, was auch immer. Ich gehe ein paar Schritte zu einer Bank, setze mich und entsperre den Bildschirm.

Mit einem Daumen scrolle ich durch die Nachrichten. Ich bleibe an einem Artikel über die Art Basel hängen. Die Kunstausstellung findet in ein paar Wochen wieder statt. Vor über zehn Jahren war ich das letzte Mal dort. Es ist eine unangenehme Erinnerung, denn es ist das letzte Mal, dass ich mit meinen Eltern zusammen gewesen bin, bevor ich sie nie wieder sehen sollte. Der Artikel schreibt über das diesjährige Programm, den Art Parcours und die städtischen Vorbereitungen. Mich überfällt ein Gefühl von Heimweh und ferner Erinnerung, das auf eine unangenehme Art schmerzt.

Ich schließe die App und stehe wieder auf. Es ist fast Mittag, Wald und Wiese sind wie leer gefegt. Ich werfe den Pullover über meine rechte Schulter und gehe wieder in die Richtung, aus der ich gekommen bin. Die Sonne knallt inzwischen vom Himmel und das kühlere Wald-stück ist noch etwa einhundert Meter entfernt. Je schneller ich laufe, desto wärmer wird mir. Ich verfluche innerlich einmal mehr Turnschuhe und wie sie einen bei wärmeren Temperaturen von unten her aufheizen können. Die Hitze wallt in mir auf und staut sich. Als ich endlich am Waldrand ankomme, werde ich wieder langsamer. Ich breite meine Arme aus, um mehr von der kühlen Luft zu spüren. In zehn Minuten bin ich zu Hause.

15

»Wusstet ihr, dass das kreative Leben auch richtig scheiße sein kann?«

Johannes blickt fragend in die Runde. Nataschas Kamera ist zu weit nach oben ausgerichtet, sodass man vor allem die Zimmerdecke sieht und sie nur am unteren Bildschirmrand.

»Was?«, fragt sie und schaut in die Kamera. Als sie sieht, dass das Bild verschoben ist, kippt sie ihren Bildschirm leicht und ist wieder normal zu sehen.

»Oh, ein neues Umfeld«, sagt Damian. »Ist das dein Zimmer?«

Natascha dreht den Kopf, um in das Zimmer hinter sich zu schauen.

»Nein. Kyle hat seine Sachen endlich abgeholt und ich wohne jetzt alleine hier. Ich habe sein ehemaliges Zimmer umfunktioniert in ein Atelier. Ich hatte sowieso das Gefühl, dass mir die Dämpfe der Farben in meinem Schlafzimmer nicht so bekommen.«

»Das heißt, du suchst dir auch niemand Neuen?«, fragt Johannes.

»Wieso?«, fragt Natascha. »Willst du etwa einziehen?«

»Ein Zimmer würde mir bei Weitem nicht reichen«, antwortet Johannes. »Aber eine Künstler-WG hat natürlich ihren Reiz.«

»Habt ihr schon mal gehört von diesen Künstlerdörfern in der Toskana oder sonst wo?«, fragt Damian. »So was würde mir auch gefallen, irgendwo in der Natur eine kleine Siedlung, in der jeder etwas Kreatives macht, und von der Welt und der Politik kriegt man nichts mit. Nur wenn Besucher sich die Straße heraufschlängeln und von dem weltlichen Leben in der Stadt berichten.«

»Herrlich«, sagt Johannes. »Und jeder hätte genug Platz und den kürzesten Arbeitsweg, den es gibt. Man kann lange Spaziergänge in den Wald unternehmen und in der Ferne sieht man das Meer.«

»Romantiker«, wirft Natascha ein.

»Findest du die Vorstellung nicht reizvoll?«, fragt Damian.

»Reizvoll? Was für ein schönes Wort.«

Damian lächelt verlegen.

»Natürlich gefällt mir die Vorstellung auch. Ich finde sie reizend. Nein, reizvoll. Aber ich glaube, das Setting kann einem auf Dauer auch ziemlich auf die Nerven gehen. Und außerdem habe ich momentan so viel Freude an meinem vergrößerten Königreich hier in Berlin, dass ich es gegen nichts in der Welt tauschen möchte. Ich bin den ganzen Tag alleine, habe genug Platz für sämtliche Aktivitäten und kann mich verhalten, wie ich will. Fantastisch.«

»Hast du nie alleine gewohnt?«, fragt Johannes.

»Doch vor etwa zehn Jahren. Aber damals konnte ich es noch nicht so genießen.«

»Wie lange hast du mit Kyle zusammengewohnt?«

»Knapp ein Jahr. Am Anfang hat er nicht so gestört, weil ich kaum da war und wir mit der Firma den Verkauf vorbereitet haben. Ich bin spätabends nach Hause gekommen, habe manchmal noch gebadet und dann geschlafen wie ein Stein. Bis der Wecker wieder viel zu früh geklingelt hat.«

»Und wie lange warst du mit Yolanda zusammen?«, fragt Johannes.

Natascha zuckt zusammen und verzieht das Gesicht.

»Aua«, sagt sie, »ihr Name versetzt mir immer noch einen Stich.«

»Entschuldige bitte«, sagt Johannes, »es tut mir leid.«

»Ich bin noch nicht drüber hinweg. Wir waren fast vier Jahre lang zusammen.«

Johannes überlegt fieberhaft, wie er das Gespräch auf ein anderes Thema lenken kann. Damian kommt ihm zu Hilfe.

»Vielleicht brauchst du mal ein bisschen Ablenkung. Wie wäre es, ein paar Tage zu verreisen?«

Natascha schüttelt den Kopf. »Nein«, sagt sie und wischt sich mit dem Ärmel eine Träne aus dem Gesicht. »Ich möchte hierbleiben und nirgendwo hingehen.«

»Okay«, sagt Damian. An Johannes gewandt fragt er: »Wieso sitzen wir eigentlich in der Küche, wenn Natascha es sich in ihrem Atelier gemütlich macht?«

»Ich weiß nicht«, antwortet Johannes, dankbar über den Themenwechsel.

»Gut, ich habe nur ein Zimmer«, sagt Damian, »aber wie groß ist deine Wohnung?«

Johannes legt den Stift zur Seite, den er in der Hand gehalten hat. Er steht auf, nimmt den Laptop in die Hand und sagt mit hoher Stimme und einem Influencer-Zwinkern: »Kommt mit, Leute, ich zeigs euch.«

»Awesome«, ruft Damian und klatscht in die Hände.

Sogar Natascha muss lachen.

Johannes hat die Kamera umgestellt, die an seinem Laptop befestigt ist, sodass sie in den Raum hineinschauen. Er dreht den Laptop einmal im Kreis und sagt: »Also, das hier ist meine Kitchen. Seht ihr? Mega, der Burner, Leute.«

Er geht auf die Tür zu und öffnet sie mit einer Hand, etwas zu schnell, sodass sie gegen den Laptop stößt.

»Aua«, rufen Damian und Natascha gleichzeitig.

»Das waren unsere Köpfe.«

»Haha«, sagt Johannes. »Als ob.«

Er geht in den Flur. Während er den Lichtschalter sucht, schwankt der Laptop in seiner anderen Hand hin und her.

»Ich werde seekrank«, ruft Natascha.

»Ist ja gut«, sagt Johannes. Er hat den Schalter gefunden. Der Flur ist sehr aufgeräumt. Es stehen nur ein paar Schuhe dort und ein Stuhl. Auf dem Boden daneben liegt ein zusammengerollter Regenschirm. Johannes steuert auf die nächste Tür zu. Er öffnet sie und geht in den Raum hinein. »Das hier ist das, was ich mein Atelier nennen würde«, sagt er.

Es ist etwas unordentlich, aber es sieht aus wie ein Profi-Atelier. Zwei Tische, ein Korpus mit schmalen

Schubladen und ein Drehhocker. Alles ist aus dunklem, flachem Holz und Metall.

»Wow, das sieht aus wie in einem Bauhaus-Atelier«, sagt Natascha.

»Ja, ein wenig altmodisch, ich weiß. Diesen Zeichentisch hier habe ich von meinem Großvater bekommen und den Korpus von meiner Mutter. Die Möbel sind sicher schon hundert Jahre alt.«

»Ich finds genial«, sagt Damian. »Das ist doch inspirierend.«

Johannes zuckt mit den Schultern. »Keine Ahnung. Ich habe noch nie in einer anderen Umgebung gearbeitet. Außer natürlich in der IT-Firma, an weißen Plastiktischen mit stinkendem Teppichboden.«

Er verlässt den Raum und öffnet eine andere Tür. »Und das hier ist mein Schlafzimmer.«

In dem Raum ist es etwas dämmrig, wegen der Gardinen. Sie sind weiß, fangen aber trotzdem etwas von dem Licht ab, das von draußen hereinkommt. An der Seite steht ein schmales Bett.

»Ähm«, sagt Natascha, »du weißt schon, dass dort kein Platz ist für eine weitere Person, oder?«

»Was?«, fragt Johannes. »In meinem Bett?«

»Ich dachte, nur Kinder schlafen in so schmalen Betten.«

»Vielleicht möchte ich ja niemand anderen in meinem Bett haben.«

»Komm schon«, sagt Natascha, »du bist doch kein Eunuch.«

»Kein was?«

»Kein Eunuch«, wiederholt Natascha.

»Das muss ich googeln«, antwortet Johannes. Er setzt sich mit dem Laptop auf die Bettkante und öffnet den Browser.

»Oh je«, sagt Damian. »Aber Natascha, du musst auch immer so übertreiben.«

»Kannst du bitte die Kamera wieder wechseln, damit wir deinen Gesichtsausdruck sehen können?«, fragt Natascha.

Johannes wechselt die Kamera, streckt Natascha die Zunge raus und wechselt wieder zurück.

Während er tippt, sagt er: »Erst ist sie so verletzlich, dass wir uns kaum trauen, etwas zu sagen, dann teilt sie wieder aus wie ein Schwergewichtsboxer.«

Natascha lacht.

»Oh, das Eunuchentum wäre was für mich gewesen«, sagt Johannes.

»Ernsthaft?«, fragt Natascha.

»Ja, schon. Seit der Trennung von meiner Ex-Freundin habe ich kein Interesse mehr an Frauen.«

»Und an Männern?«

Johannes schüttelt den Kopf.

»Hatte ich noch nie.«

»Bist du kein sexueller Mensch?«

»Wieso stellst du heute so indiskrete Fragen?«, kontert Johannes.

»Stell ich indiskrete Fragen, Damian?«, fragt Natascha.

»Ja«, antwortet er, »du stellst indiskrete Fragen.«

»Ach, dich hätte ich nicht fragen sollen. Du bist ja Schweizer.«

»Ich habe ganz klar Position bezogen. Für Johannes«, antwortet Damian schmunzelnd. »Und mich Schweizer zu nennen ist nicht ganz korrekt.«

»Bist du nicht? Genf liegt doch in der Schweiz, oder?«

»Das ist eine lange Geschichte.«

»Erfahren wir davon, wenn du uns deine umgeschriebene Lebensgeschichte vorliest?«

»Ich werde euch die Geschichte nicht vorlesen.«

»Sei nicht so widerwillig.«

»Du hast deine noch nicht mal geschrieben.«

»Mach ich heute, ich schwörs«, sagt Natascha.

»Okay, Leute«, sagt Johannes wieder mit Influencer-Stimme, »wollt ihr auch noch mein Badezimmer sehen? Komm Natascha, du willst es doch.«

»Natürlich. Ich spiele für mein Leben gern Mäuschen im Privatleben anderer Leute. Zeig her«, sagt sie begeistert.

Johannes stöhnt. »Und ich hatte gehofft, dass du wenigstens das ablehnst.«

»Niemals.«

»Na gut, aber danach musst du uns mit auf eine Tour durch deine Wohnung nehmen.«

»Natürlich, ich zeig euch alles«, antwortet Natascha.

16

Johannes läuft zwischen den Zimmern seiner Wohnung hin und her. In der Hand hat er eine kleine Reisetasche, die er im Schlafzimmer mit Kleidern bepackt, und zwischendurch läuft er ins Bad und verstaut Shampoo, Kamm und alle weiteren Dinge, die ihm während des Packens einfallen.

Am Morgen ist er mit einer großen Unruhe aufgewacht. Er hat sich in seiner Wohnung umgesehen und das Bedürfnis verspürt, sie zu verlassen. Seit zwei Jahren sitzt er tagein, tagaus in dieser Wohnung. Er verlässt sie nur zum Joggen, Einkaufen oder um sich mit einem Freund in einem Café zu treffen. Und einmal pro Jahr, um Weihnachten mit der Familie zu feiern. Bis zum heutigen Tag hat es ihn nicht gestört, so viel Zeit in derselben Wohnung zu verbringen. Jetzt hat er das Bedürfnis, rauszukommen. Er hat den ganzen Morgen damit verbracht, die Wohnung zu putzen und seine Sachen zu packen. Er ist schon so lange nicht mehr verreist, dass er gar nicht weiß, was er braucht. Die Tasche war bereits voll, als er gemerkt hat, dass noch die Hälfte fehlt. Er hat die Tasche noch einmal ausgeräumt und alle fehlenden Utensilien hineingetan. Dann blieb nicht mehr genug Platz für die Kleider.

»Hast du ein Nackenhörnchen um den Hals?«, fragt Natascha, als sie sich am Mittag in der Closerie treffen.

»Ja«, antwortet Johannes, »ich will verreisen.«

»Süß«, antwortet sie, »einfach so?«

»Ich muss mal raus.«

Damian ist soeben hinzugekommen und zeigt mit dem Finger auf das Baseballcap, das Johannes auf dem Kopf trägt.

»Nettes Cap«, sagt er.

»Ist dir sein Nackenhörnchen schon aufgefallen?«, fragt Natascha.

»Oh stimmt«, antwortet Damian, »dein Kopf hat irgendwie breiter gewirkt, aber ich wusste nicht, warum. Bist du auf dem Sprung?«

»Ja, er will verreisen«, antwortet Natascha für ihn.

»Wo gehts hin?«

»Weiß noch nicht«, antwortet Johannes.

»Du hast schon ein Nackenhörnchen um den Hals, aber weißt noch nicht, wohin du reisen möchtest?«, fragt Natascha.

Johannes nimmt das Nackenhörnchen etwas beschämt von den Schultern.

»Du bist immer so harsch«, sagt er, ohne sie anzuschauen.

»Ja«, antwortet sie, »das ist angeboren.«

»Was ist los, Johannes?«, fragt Damian. »Was hat dich gepackt?«

»Ach, ich weiß nicht. Ich muss hier raus. Vielleicht fahre ich an die polnische Ostsee.«

»Ist es schön dort?«, fragt Damian.

»Ist nicht das Mittelmeer, aber ganz nett.«

»Ich verreise auch«, verkündet Natascha.

»Oh«, sagt Damian, »ihr könnt mich doch nicht alle allein lassen. Hast du nicht vor ein paar Tagen noch gesagt, dass du nicht verreisen willst?«

»Ich komme zu dir in die Schweiz«, sagt Natascha.

»Was?«, fragt Damian überrumpelt.

»Aber erst in zwei Wochen«, fügt Natascha hinzu.

»Okay«, antwortet Damian zögerlich und mit fragendem Gesichtsausdruck. »Und ... äh ... wieso?«

»Ich will zur Art Basel. Ich habe von ihr schon viel gehört und jetzt will ich sie endlich mal sehen.«

»Okay«, sagt Damian wieder, »aber die ist in Basel.«

»Ja, ich weiß.«

»Also gehst du nach Basel?«, fragt er noch einmal, um sich zu vergewissern.

»Ja natürlich. Ich gehe zur Art Basel in Basel«, sagt Natascha. »Hongkong oder Miami sind mir zu weit.«

»Schön«, sagt Damian beruhigt.

»Was ist das?«, fragt Johannes.

»Die größte Messe der Welt für zeitgenössische Kunst.«

»Wart ihr schon mal dort?«

»Ich nicht«, antwortet Natascha. »Aber mit meinen Malerambitionen ist es höchste Zeit.«

»Hast du schon eine Unterkunft?«, fragt Damian.

»Nein«, antwortet Natascha, »ist das ein Problem?«

»Ja.«

»Wie weit ist es von Genf nach Basel?«, fragt Natascha.

»Zweieinhalb Stunden ungefähr.«

»Das ist ja ein Katzensprung. Komm du doch auch.«

»Ich weiß nicht«, sagt Damian, »geh doch mit Johannes, der ist sogar schon reisebereit.«

»Oh ja, Johannes, du könntest heute losgehen, zu Fuß in die Schweiz, dann treffen wir uns pünktlich in zwei Wochen dort.«

»Klar, würde ich machen. Aber ich bin Dichter, kein Kunstfuzzi.«

»Es gibt auch eine Büchermesse während der Art«, kontert Damian.

»Ernsthaft? Dann komme ich auch.«

»Damian?«, fragt Natascha. »Willst du uns wirklich die Freude an einem Treffen zu dritt zerstören?«

»Ich habe eine schwierige Beziehung zu Basel«, weicht Damian aus.

»Du hast den kürzesten Weg von allen«, sagt Natascha.

»Allerdings«, fügt Johannes hinzu. »Willst du uns nicht in echt kennenlernen? Falls ja, würde ich das verstehen. Ich mag ja auch keine Menschen.«

Damian seufzt laut.

»Wo wollt ihr denn überhaupt schlafen? Die ganze Stadt ist ausgebucht. Wie stellt ihr euch das eigentlich vor?«, fragt er gereizt.

»Wer lässt sich denn bitte von solchen Lappalien abhalten?«, fragt Natascha ungläubig.

»Willst du im Wald schlafen oder auf einer Bank am Rhein?«

»Nö, wir finden eine Lösung.«

Damian seufzt noch einmal.

»Muss ich mich jetzt entscheiden?«

Johannes und Natascha blicken ihn ernst an. Beide nicken.

Damian steht auf und geht aus der Küche. Zwei Minuten später kommt er zurück.

»Ich bin in Basel aufgewachsen und deshalb hat die Stadt nicht denselben Reiz für mich wie für euch. Aber ich kann uns eine Unterkunft organisieren. Allerdings gibt es eine Bedingung für diese Reise. Ihr reist nicht zusammen an. Meinetwegen kann einer mit dem Zug fahren und der andere fliegen. Aber ich will nicht, dass ihr schon einen Vorsprung habt, wenn ihr hier ankommt.«

»Kein Problem«, sagt Johannes, »ich laufe.«

»Du meinst das wirklich ernst?«, fragt Damian erstaunt.

»Warum nicht? Die ganze Strecke ist wahrscheinlich zu weit für zwei Wochen. Aber ich kann den Rest ja mit dem Zug fahren. Oder trampen.«

»Krasse Sache.«

»Hätteste nicht gedacht, dass wir Berliner so spontan sind, was?«, fragt Natascha.

Damian verzieht das Gesicht.

»Ihr seid ein bisschen verrückt.«

»Wie du meinst«, sagt Natascha.

»Aber nicht, dass ihr euch am Ende dann doch noch im Zug trefft.«

»Ach«, sagt Johannes und winkt ab, »unsere feine Businesslady nimmt bestimmt den Flieger.«

Natascha nickt.

»Darauf kannst du dich verlassen.«

17

Ich laufe durch eine Seitenstraße in der Genfer Innenstadt. Es ist warm, Anfang Juni ist die Sonne intensiv. Als ich an einem Kiosk warte, um mir eine Flasche Wasser zu kaufen, sehe ich, wie Paulo Coelho aus einer dieser typischen Stadtvillen heraustritt, in denen Anwaltskanzleien und Banken untergebracht sind.

»Schon wieder Coelho«, denke ich. Dann sehe ich eine Frau, die die Straße überquert und auf ihn zugeht. Sie spricht ihn an. Mit der Flasche Wasser in der Hand laufe ich den Bürgersteig entlang und dicht an ihnen vorbei. Die Frau sagt, dass sie sich kennen würden von früher, dass sie befreundet wäre mit seiner Frau. Coelho kann sich nicht an sie erinnern, aber verspricht, seiner Frau Grüße auszurichten. Ich gehe langsam weiter und drehe mich nicht um, obwohl ich die Frau gerne näher betrachtet hätte. Ich weiß nicht, ob es meine Höflichkeit ist oder meine Schüchternheit. Aber wenn ich an Personen vorbeilaufe, die mich interessieren, denen ich gerne direkt in das Gesicht schauen würde, dann tue ich genau das Gegenteil. Ich schaue demonstrativ an ihnen vorbei, und sobald sie hinter mir sind, bereue ich, es nicht gewagt zu haben, sie anzuschauen. Aus der Ferne habe ich immerhin gesehen, dass sie pechschwarzes, langes Haar hatte und einen eher dunklen Teint. Sie trug ein weißes Leinenkleid und großen Schmuck aus Naturmaterialien.

Während ich versuche, weitere Einzelheiten zu rekonstruieren, ertönt hinter mir eine Stimme: »Damian.«

Ich erstarre.

Es ist die Stimme der Frau, die mit Coelho gesprochen hat. Ich bin stehen geblieben, aber habe meinen Kopf noch nicht herumgedreht. Ich spüre, wie sie näher kommt, und weiß, dass ich handeln muss.

»Ich wusste, dass ich dich wiedersehen würde. Du bist doch Damian, oder?«

Sie spricht englisch mit mir.

»Ja«, antworte ich und zwinge mich, sie anzuschauen. »Was ist?«

»Erinnerst du dich an unser Fest auf dem Boot vor ein paar Wochen?«

»Oh nein«, denke ich. »Jetzt ist es so weit.«

Mein Blick wandert zu der Stelle, an der vorher Paulo Coelho gestanden hat. Er steht immer noch dort und schaut zu uns. Sein Handy klingelt. Er geht ran und beobachtet uns weiter aus den Augenwinkeln.

»Ja«, sage ich, »ja, ich kann mich erinnern. Du warst also auch dort?«

»Zusammen mit meinen Freunden. Was für eine wunderschöne Jacht. Und du hast uns in dieser Nacht alle verzaubert.«

Mir wird schlecht.

»Meine Freundin will dich wiedersehen. Darf ich ihr deine Nummer geben?«

»Ich denke, wir sollten es dabei belassen.«

»Wirklich«, sagt sie, »sie würde sich sehr freuen.«

»Nein«, sage ich.

Ihre dunklen Augen funkeln mich an. Ich lache innerlich unwillkürlich. Sie ist nicht die erste Frau, die versucht, mich unter Druck zu setzen. Erst verhalten sie sich wie edle Gönnerinnen; hat man sie in seinen Bann gezogen, werden sie zum Python.

»Sie ist nächste Woche in Basel auf der Kunstmesse und möchte, dass du sie begleitest.«

In diesem Moment läuft Coelho auf dem schmalen Bürgersteig an uns vorbei. Er murmelt eine Entschuldigung, da ich ausweichen muss. Er muss gehört haben, was sie gesagt hat. Ich bemühe mich, die Kontrolle zu behalten.

»Da arbeite ich bereits«, sage ich, als er sich entfernt hat.

Ihre Augen funkeln mich wieder an.

»Sie will dich wiedersehen«, sagt sie und nimmt meine Hand. Sie legt eine Karte in meine Handfläche und sagt: »Melde dich bei ihr.«

Dann dreht sie sich um und geht die Straße hinunter.

Am frühen Nachmittag logge ich mich in die Closerie ein. Natascha ist schon da. Sie lackiert sich wieder einmal die Fingernägel.

»Schnuffi«, ruft sie fröhlich.

»Hallo«, sage ich. »Johannes hat geschrieben, dass er auch gleich kommt.«

»Der Freak«, sagt sie und schüttelt den Kopf. »Streift der ernsthaft durch die Büsche?«

»Wir werden es gleich sehen«, antworte ich.

Natascha stellt das Nagellackfläschchen zur Seite und schaut mich an. Ich weiß nicht, worüber wir sprechen sollen. Sie offensichtlich auch nicht. Ich stelle mir vor, wie wir in ein paar Tagen zusammen in Basel sind und nicht wissen, worüber wir reden sollen. Mir graut es bei der Vorstellung. Es gibt einen Grund, warum ich neue Menschen nicht gerne kennenlerne. Zwei Gründe. Der erste ist das ewige Eis, das über eine lange Zeit gebrochen werden muss. Bis man sich in allen erdenklichen Situationen kennt und sich eine ruhige Vertrautheit einstellt. Kann man diesen Teil nicht überspringen? Menschen kennenlernen ohne Eisbrechen? Der zweite Grund ist, dass theoretisch immer die Gefahr besteht, dass der andere Mensch doch eigentlich langweilig ist. Ganz egal, wie interessant oder mysteriös er zu Beginn gewirkt hat. Was ist, wenn Natascha und ich nie wieder wissen, was wir miteinander reden sollen?

»Hast du eine Unterkunft für uns gefunden?«, unterbricht sie meine Gedanken.

Ich nicke mechanisch. Dann ärgere ich mich. Sollte ich nicht lieber behaupten, dass es in ganz Basel keinen Schlafplatz mehr gibt und wir leider in diesem Jahr nicht hingehen können?

»Toll«, sagt sie. »Ich freu mich auf die Art. Obwohl ich, ehrlich gesagt, auch ein bisschen Angst habe, mit euch beiden Freaks mehrere Tage verbringen zu müssen.«

Ich lache bitter.

»Ich habe auch Angst vor euch«, sage ich.

In diesem Moment taucht Johannes in der Closerie auf. Er ist draußen unterwegs und hält sein Handy so weit wie möglich von sich weg. Trotzdem ist es so nah, dass wir vor allem seinen Kopf sehen.

»Leute«, sagt er, »ihr könnt euch gar nicht vorstellen, wie gut die frische Luft tut.«

»Wo bist du?«, frage ich.

»Keine Ahnung. Im Erzgebirge oder so.«

Er bleibt stehen, nimmt seinen Rucksack ab und setzt sich auf eine Bank.

»So, erzählt mal, wie geht es euch?«

»Gut«, sagt Natascha. »Wir sind etwas besorgt, dass du da unten im Busch verloren gehen könntest, aber uns geht es gut.«

Johannes lacht auf.

»Schaut mal, wie schön es hier ist.« Er schwenkt die Kamera, sodass wir die Landschaft sehen können, grüne Wiesen und jede Menge Bäume.

»Wenn du wirklich im Schilf unterwegs wärst, hättest du kein Internet«, sagt Natascha. »Hinter dem Felsvorsprung und den Bäumen dort links ist doch bestimmt ein Hotel.«

»So was in der Art«, sagt Johannes und zwinkert. »Macht euch um mich keine Sorgen. Ich mach hier keinen Survival Run.«

»Du bist so gut gelaunt«, sagt Natascha. »Damian und ich sind hier eher so in der Depri-Städterphase, aber dir scheint der Sauerstoff ja richtig gutzutun.«

»Herrgott, geht doch auch mal raus.«

»Hier in Genf ist es im Moment zu stickig«, sage ich. »Es müsste dringend mal wieder regnen.«

»Und hier in Berlin ist gerade Karneval der Kulturen. Das ist im Moment nicht so lustig rauszugehen.«

»Hast du einen Balkon?«, fragt Johannes.

»Klar«, sagt Natascha. »Aber bevor ich mir den Feinstaub von der Straße reinziehe, atme ich erst mal die Luft in meiner Wohnung weg.«

»Wow«, sagt Johannes. »Was ist denn mit euch los? Seid ihr immer so drauf oder fällt mir das jetzt erst auf?«

Natascha und ich schauen uns kurz an. Ich kann ein Lachen nicht unterdrücken, die Situation ist so ungewollt ernst, dass sie komisch wirkt. Nataschas Mundwinkel schnellen ebenfalls in die Höhe.

»Wir sind im Prä-Basel-Stress«, sage ich.

Bei Natascha ertönt die Klingel. Sie schaut erschrocken auf.

»Willst du nicht aufmachen?«, fragt Johannes.

»Wer soll das sein?«, fragt sie zurück.

»Woher sollen wir das wissen?«

Natascha schiebt den Stuhl, auf dem ihre Füße standen, zurück und das Holz fährt quietschend über den Fliesenboden. Ich halte mir instinktiv die Ohren zu.

»Wieso ist in deiner Wohnung eigentlich überall Fliesenboden?«, fragt Johannes. »Das ist voll untypisch.«

»Weiß ich nicht«, sagt sie angespannt und geht zur Tür.

Kurze Zeit später kommt sie zurück. »Eine Monsterlieferung Farbtöpfe und Malwerkzeuge, die hatte ich ganz vergessen. Hättet ihr was dagegen, wenn ich mich ausklinke? Immer, wenn ich neue Malsachen bekomme, will ich sie sofort alle aufmachen und damit experimentieren.«

»Natürlich«, sage ich. »Ähm ... wir können ja einfach sagen, dass wir uns übermorgen in Basel am Bahnhof treffen. Und bis dahin kannst du in Ruhe mit deinen Farben malen und Johannes noch etwas durchs Gebüsch wandern.«

»Ich bin in der Wildnis, Dude.«

»Du kommst nicht zufällig aus der Gegend, in der du dich gerade herumtreibst?«, fragt Natascha.

Johannes kratzt sich am Kopf und lächelt etwas verlegen.

»Sag ich nicht«, antwortet er. »Auf jeden Fall kenne ich mich hier ganz gut aus.«

»Okay, aber beeil dich, damit du pünktlich in Basel bist.«

»Verlier du dich nicht in deinen Farbtöpfen. Dein Flieger geht übermorgen.«

»Ja, Mama«, antwortet Natascha lachend. Sie winkt in die Kamera und loggt sich aus.

Ich sitze da und schaue Johannes an.

»Und du?«, fragt er.

»Ich weiß nicht«, sage ich. »Ich habe gerade nichts zu tun. Mir ist offiziell langweilig.«

»Wie wäre es mit ein bisschen Abschalten?«

»Ja, mal schauen«, sage ich.

»Mach was Schönes oder was Dummes«, sagt Johannes. »Ein bisschen Freiheit hat noch keinem Schriftsteller geschadet.«

Als er sich ausgeloggt hat, nehme ich die Karte in die Hand, die mir die Frau vorhin gegeben hat. Ich hatte sie achtlos auf den Schreibtisch geworfen. Ich stelle mir vor, was mich erwartet, wenn ich mich bei ihr melden würde. Eine reiche Frau, eine Villa in den Weinbergen, vielleicht ein Pool mit atemberaubender Aussicht und ganz sicher jede Menge zwischenmenschliche Spannung. Ich schaue an mir herunter und frage mich, was mich von diesem Abenteuer abhalten sollte. Allein sein mit einer Pythonschlange ist gefährlich, man kann nie wissen, wie fest sie sich um einen herumwickelt. Bei dem Gedanken muss ich lachen. Andererseits reizt mich die Vorstellung von so einem Tapetenwechsel. Vielleicht gibt es mir das Lebensgefühl zurück, das ich brauche, um weiterzuschreiben.

18

»Mann, bist du groß in echt«, sagt Natascha, als sie Damian im Getümmel der Eingangshalle am Basler Bahnhof umarmt.

»Wow«, sagt Damian überrascht und lächelt, »du hast mich einfach so erkannt.«

»Ich sehe dich seit zwei Monaten täglich, das war nicht so schwer.«

»Du siehst aber anders aus als auf dem Bildschirm. Irgendwie auch größer ...«, sagt er.

»Ein Meter sechsundsiebzig«, sagt Natascha und salutiert im Spaß.

»Ich freu mich, dich zu sehen«, sagt er und gibt ihr drei Küsschen auf die Wange.

Als sie ihn verdutzt anschaut, sagt er: »Das macht man hier so. Stell dich schon mal darauf ein.«

»Ernsthaft? Man küsst Fremde?«, fragt sie.

»Ja, das tut man. Komm mal nach Genf, da wird dir richtig schwindelig, wenn du neue Leute kennenlernst.«

»Okay«, sagt sie, »ich freu mich auf den Kulturschock in den nächsten Tagen.«

»Du wolltest herkommen«, sagt er und zeigt auf Johannes, den er gerade in der Menschenmenge entdeckt hat.

Er kämpft sich zu ihnen durch und bleibt stehen. Mit einem breiten Grinsen sagt er: »Hi, Leute.«

Sie geben sich die Hand zur Begrüßung.

»Warum kriegt er keine Küsschen?«, fragt Natascha.

»Weil er Sozialphobiker ist«, antwortet Damian.

»Du willst mich küssen?«, fragt Johannes belustigt.

»Keine Angst.«

»Doch, ich habe das vorhin schon die ganze Zeit beobachtet. Wie viel Zeit dabei draufgeht, wenn sich eine Gruppe untereinander begrüßt, das hat mich fasziniert.«

Damian nickt lachend. »Ja, so was kann dauern.«

Johannes mustert Damian und Natascha.

»Ihr seht übrigens größer aus, als ich mir euch vorgestellt habe.«

»Das Thema hatten wir auch gerade, bevor du gekommen bist.«

»Witzig. Wir haben uns alle gegenseitig für Zwerge gehalten, weil wir auf den Bildschirmen so klein aussehen«, sagt Natascha.

Um sie herum in der Bahnhofshalle ist die Hölle los. Sie müssen sich anschreien, um sich zu unterhalten. Natascha wird von einem Passanten mit einem Koffer gerammt. Damian zieht sie vorsichtig näher, um sie aus der Schussbahn zu nehmen.

»Hast du gar kein Gepäck dabei?«, fragt Natascha.

»Das ist schon im Haus.«

»Ah ja«, sagt Johannes, »in welchem Haus eigentlich?«

»Wir gehen hin«, antwortet Damian.

»Oh, ich bin gespannt«, sagt Natascha. »Wo gehts lang?«

Damian zeigt auf den linken Ausgang und nimmt Natascha ein Gepäckstück ab. Sie kämpfen sich durch den Menschenstrom, der sich in den letzten Minuten weiter verdichtet hat.

»Das ist hier immer so, wenn eine Messe stattfindet und der Berufsverkehr dazukommt«, sagt Damian zu den anderen. »Ich verstehe nicht, warum sie den Eingang nicht einfach vergrößern.«

Draußen, auf dem Bahnhofsvorplatz, fahren Trams quer durch die Menschenmassen, die aus allen Richtungen zum Bahnhof strömen. Sie klingeln, wenn ihnen jemand nicht schnell genug ausweicht. Von links fahren Busse in einem Bogen durch dieselben Menschenmassen und kreuzen die Trams, sodass die Fußgänger mehreren Gefahren gleichzeitig ausgesetzt sind.

»So was habe ich noch nie gesehen«, sagt Johannes verwundert. »So stelle ich mir den Verkehr in Indien vor.«

»Gibt es hier keine Ampeln oder so?«, fragt Natascha entsetzt.

Damian winkt ab. »Willkommen an der gefährlichsten Tramhaltestelle der Schweiz.«

»Gibt es ein offizielles Ranking dafür?«

»Ja.«

Der Flughafen-Bus kommt an und spuckt eine Ladung Ankömmlinge aus. Damian, Natascha und Johannes weichen ihnen gerade noch aus, als sie die Haltestelle passieren. Sie gehen am französischen Bahnhof vorbei in Richtung Markthalle. Auf der Kreuzung bremst eine

Tram mit einem Knall um Haaresbreite vor einem querstehenden Pkw und klingelt ununterbrochen.

»Grundgütiger Gott im Himmel.« Natascha bleibt wie angewurzelt stehen.

»Ach so, das sollte ich euch noch sagen. In Basel hat immer die Tram Vorfahrt. Wirklich immer.«

»Wo ist dein Nackenhörnchen?«, fragt Natascha, als sie in der Tram sitzen.

Johannes schmunzelt und zeigt auf seinen Wanderrucksack, während er seine Trinkflasche öffnet.

»Und deine Wanderschuhe?«

Er zeigt wieder auf seinen Rucksack und nimmt einen Schluck Wasser.

»Nein, Spaß«, sagt er und verschließt die Flasche wieder. »Ihr glaubt doch nicht ernsthaft, dass ich hierher gewandert bin.«

»Doch«, antworten beide.

Johannes schüttelt nur den Kopf und schaut aus dem Fenster.

Sie fahren auf der Rückseite des Bahnhofs vorbei an Geschäften und kleinen Restaurants. Nach einer Weile fährt die Tram einen Berg hoch und schlängelt sich durch den Wald. Dann kommt eine Wohnsiedlung. Damian steht auf und drückt den Knopf. Sie steigen aus und stehen auf einer breiten Straße in einer menschenleeren Siedlung. Um sie herum lauter hübsche Häuser mit Garten.

»Wir sind doch nur ein paar Minuten Tram gefahren«, sagt Johannes.

»So schnell kanns gehen, willkommen auf dem Bruderholz«, sagt Damian und läuft auf eines der Häuser zu. Er öffnet das Gartentörchen und geht auf die Haustür zu. Natascha ist ihm gefolgt.

»Ähm«, sagt sie, »das sieht so bewohnt aus. Wem begegnen wir gleich?«

»Höchstens ein paar Gespenstern«, sagt Damian, als er die Haustür aufschließt.

Die Luft im Haus ist angenehm frisch. Damian hat gleich nach seiner Ankunft durchgelüftet.

»Eure Sachen könnt ihr auch hierhin stellen«, sagt er und zeigt auf sein Gepäck, das seit dem Morgen unberührt im Gang steht. »Ich zeig euch kurz das Haus.«

»Warte«, sagt Natascha, »ich geh kurz ins Bad. Ich fühle mich schmutzig von der Reise.«

Das Badezimmer liegt auf der rechten Seite. Links ist die Küche, von der aus man in den großzügigen Garten gelangt. Als Natascha wieder zurückkommt, geht Johannes ins Bad. Natascha nimmt ihre Handtasche von der Schulter und legt sie auf das Gepäck. Sie lächeln sich an und schweigen; keiner weiß, was er sagen soll. Dann kommt Johannes zurück. Während sie den Gang entlanggehen, spürt Damian plötzlich eine Anspannung. Er ist mit wildfremden Menschen in seinem Elternhaus. Was hat er sich dabei gedacht? Sie kommen am ersten Zimmer an, ein großer Raum mit einem breiten Bett in der Mitte. Vor dem Fenster stehen Bäume. Eine schöne Atmosphäre.

»Wenn es euch nichts ausmacht, würde ich in diesem Zimmer schlafen«, sagt Damian.

»Natürlich nicht«, sagt Johannes und lacht verwundert.

Sie gehen den Gang weiter und die breite Treppe hoch, die sich an der Wand entlangdreht. Oben sind drei weitere Zimmer und ein Badezimmer.

»Herrschaftlich«, sagt Natascha.

»Dieses Stockwerk willst du uns überlassen?«, fragt Johannes ungläubig.

»Ja, wenn es für euch in Ordnung ist.«

»Ha«, sagt Natascha. »Eine Badewanne.«

Sie dreht sich zu Damian um und sagt mit einem schelmischen Grinsen: »Also für mich ist es okay.«

Dann lacht sie. »Ist das ein Scherz? Wir dürfen hier wohnen?«

»Ja, natürlich«, antwortet er. »Ihr könnt euch ja mal in Ruhe einrichten und dann überlegen wir, was wir heute noch machen.«

19

Als Damian, Johannes und Natascha am späten Nachmittag auf dem Rückweg von der »Art Liste«, am Claraplatz vorbeikommen, ist es laut und chaotisch. Überall auf dem Platz ist es zu geschäftig, um stehenzubleiben und sich zu unterhalten. Damian lotst sie zur Kirche gegenüber, wo man mit dem Rücken zum Gemäuer in Ruhe stehen bleiben kann. »Hätten wir uns nicht eigentlich in Paris treffen müssen?«, fragt Johannes. »Wegen Hemingway und dieser Closerie?«

»Stimmt. Das habe ich gar nicht bedacht«, sagt Damian. »Aber vielleicht wären wir enttäuscht worden von einer langweiligen Bar und den vielen Touristen.«

»Wir müssen uns hier eine Closerie suchen«, sagt Natascha. »Wo ist die beste Bar der Stadt?«

»Auf der anderen Seite vom Rhein.«

»Lasst uns hingehen und etwas trinken.«

Damian blickt fragend zu Johannes. Der nickt zustimmend: »Folge der Königin.«

Natascha beobachtet Johannes von der Seite, als er in die Bar hineingeht. Als sie an einem Tisch sitzen, sagt sie zu ihm: »Könnte es eventuell sein, dass wir uns schon einmal irgendwo begegnet sind?«

Johannes schüttelt den Kopf.

»Nur in unserer virtuellen Closerie.«

»Bist du sicher?«

Er nickt. »Wieso fragst du?«

»Ich denke die ganze Zeit, dass ich dich schon lange kennen muss. Normalerweise muss man sich doch erst aneinander gewöhnen. Aber bei dir habe ich das Gefühl, dass das anders ist.«

»Das ehrt mich«, sagt Johannes und lacht. »Ich bin mir aber sicher, dass ich mich an eine so herrische Person wie dich erinnern würde.«

»Ach, Blödsinn«, sagt Natascha. »Ich war nicht immer so herrisch.«

Damian hat an der Bar bestellt und kommt zurück an den Tisch.

»Und«, fragt er, »wie war eure erste Art Experience in Basel?«

»Eng und stickig ... bunt, chaotisch, laut und ... äh ... absurd«, sagt Johannes.

»Es ist schon eine Reizüberflutung«, sagt Natascha und gähnt leise. »Erst die Reise heute Morgen, die Ankunft in Basel, im Haus und dann diese enorme Menschenansammlung von Leuten, deren Anblick nicht unbedingt alltäglich ist. Wie hieß dieses Newcomer-Ding noch mal, wo wir gerade waren?«

»Art Liste.«

»Da will ich auch hin mit meinen Bildern. Nächstes Jahr könnten die dort hängen«, sagt Natascha. »Das Gebäude war ein bisschen absurd, aber die monströse grüne Treppe hat es mir angetan. Ist bestimmt sehr rutschig, wenn es regnet.«

»Das war früher eine Brauerei.«

»Mir wäre das Bier lieber gewesen als diese absurde Kunst«, sagt Johannes.

Natascha mustert ihn mit einem kritischen Blick.

»Konntest du gar nichts damit anfangen?«

Er macht eine Geste mit der Hand, als würde er etwas erklären wollen. Dann lässt er die Hand wieder sinken.

»Doch.«

»Aber?«

»Es ist so unmenschlich viel Kunst. Wer soll das in so kurzer Zeit alles konsumieren?«

Damian nickt.

»Das habe ich mich auch immer gefragt. Aber eigentlich ist das ja auch nicht für so Leute wie uns gemacht, sondern vor allem für Sammler.«

Natascha schüttelt missbilligend den Kopf.

»Natürlich ist das für die Sammler. Und das meiste gefällt mir auch nicht. Aber wenn man selber malt, ist es interessant zu sehen, auf was für Ideen andere so kommen. Ihr müsstet mal weniger schreiben und auch ein bisschen Kunst machen. Dann könntet ihr das hier viel lockerer nehmen.«

»Morgen gehen wir auf die richtige Art, das erschlägt einen noch viel mehr«, sagt Damian.

»Ich hab Hunger«, sagt Johannes.

»Habt ihr Lust auf Fisch?«, fragt Damian.

Johannes verzieht das Gesicht.

»Was, Fisch isst du nicht?«, fragt Natascha.

»Nein Madame, tu ich nicht«, antwortet Johannes.

»Warum nicht?«

»Hast du dir Fisch mal angeschaut? Das Tier sieht völlig merkwürdig aus. Und außerdem ist es komplett unintuitiv, sein Essen aus dem Wasser zu holen.«

»Was ist mit Fischbrötchen?«, fragt Natascha.

»Da steckt das merkwürdig aussehende Wesen einfach zwischen zwei Brotlappen. Das macht es auch nicht besser.«

»Also, was ist die Alternative?«, fragt Natascha an Damian gewandt.

»Asiatisch?«

Als sie aus der Bar heraustreten, gehen sie über den Barfüsserplatz. Es ist immer noch die Hölle los, und das Tramklingeln übertönt in regelmäßigen Abständen die anderen Geräusche.

»Ich glaube, wenn ich hier leben würde, würde ich an einem Herzinfarkt sterben«, sagt Johannes kopfschüttelnd. »Innerhalb von einem Monat.«

»Ganz ehrlich«, sagt Natascha, »ich werde langsam müde.«

»Du musst mal was essen«, sagt Damian.

Sie hakt sich bei ihm unter.

»Okay, aber meinetwegen können wir danach direkt schlafen gehen. Das war so anstrengend.«

»Was?«, sagt Johannes gespielt enttäuscht, »ich dachte, wir gehen heute Nacht noch in eine Tabledance-Bar.«

»Tabledance?«, fragt Natascha. »Da bin ich natürlich dabei. Gebt mir einfach genug Wodka und dreht die Musik auf. Dann bin ich auch wieder hellwach.«

Zwei Passanten, die die Unterhaltung mitgehört haben, drehen sich nach ihnen um.

»Ich kenn euch nicht«, flüstert Damian schmunzelnd.

»Mitgehangen, mitgefangen«, sagt Johannes leise zurück und hakt sich auf der anderen Seite von Damian unter. »Als würden die nicht alle jeden Tag in den Puff gehen. Guck dir die zwei doch mal an.«

»Psst«, sagt Damian. »Nicht so laut.«

20

Am nächsten Morgen sind sie früh losgegangen und waren das erste Mal auf dem Messegelände, auf dem die Art Basel stattfindet. Sie sind stundenlang durch die Hallen gegangen, von Galerie zu Galerie. Wenn sie nicht mehr laufen konnten, haben sie sich auf eine der unzähligen grünen Bänke gesetzt und die vorbeilaufenden Kunstmenschen beobachtet und kommentiert. Das waren die Phasen, in denen Johannes aufgetaut ist. Wenn sie durch die Galerien schlenderten, war vor allem Natascha lebhaft. Johannes schlurfte mit einem immer gleichbleibenden Gesichtsausdruck hinterher. Am frühen Abend sind sie Pizza essen gegangen und danach auf eine After-Art-Party in die Campari-Bar.

Als Natascha und Damian die Party verlassen, tanzt Johannes eng umschlungen mit einer hübschen Galeristin aus Osteuropa, die sie am Beginn des Abends kennengelernt haben. Seit zwei Stunden ist Johannes für die beiden nicht mehr ansprechbar. Entweder sitzt die Galeristin draußen auf seinem Schoß, um eine zu rauchen, oder sie trinken zusammen mit ihren Freunden.

»Hättest du gedacht, dass der Typ tanzen kann?«, fragt Natascha.

»Darüber habe ich ehrlich gesagt bis heute Abend nicht nachgedacht.«

»Aber du hättest es nicht erwartet?«

»Die Frage hat sich mir gar nicht gestellt.«

Sie gehen den Steinenberg hoch zum Bankverein. Die nächste Tram kommt in zwanzig Minuten.

»Taxi?«, fragt Natascha.

»Laufen?«, fragt Damian.

Natascha schüttelt den Kopf.

»Ich muss meine Füße schonen, wenn ich morgen wieder auf die Messe will«, sagt sie.

»Aber ich brauche noch ein bisschen frische Luft. Partys fühlen sich immer so klebrig an.«

»So eine Champagnersause wie gerade eben ist klebrig«, sagt Natascha. Sie hat sich auf eine Bank gesetzt und ihre Schuhe ausgezogen. »Wenn du frische Luft brauchst, können wir auf die Tram warten. Dann muss ich nicht laufen und du kannst atmen.«

»Sehr gut«, sagt Damian. Sein weißes T-Shirt klebt wegen der hohen Luftfeuchtigkeit an seinem Oberkörper. Er geht ein paar Schritte auf und ab und bleibt ein Stück entfernt neben der Bank stehen. Um sie herum ist nur wenig los. Es fahren kaum noch Trams oder Autos. Ab und zu fährt ein Fahrradfahrer vorbei oder ein paar Touristen gehen die Straße entlang.

»Wie hat es dir gefallen heute?«, fragt Natascha, die ihn seit einer kurzen Weile beobachtet.

»Ganz gut«, sagt er, ohne sie anzuschauen. »Ich bin müde.«

»Du wirkst so unruhig.«

Damian dreht den Kopf und mustert Natascha.

»Das bin ich immer. Ich gehöre nicht zu den Menschen, die sich gut entspannen können.«

»Du solltest CEO werden.«

Damian lacht. Er streicht sich über das T-Shirt, als würde er einen Anzug glatt streichen, und fragt: »In welcher Rolle würdest du mich denn sehen? In einer mittelständischen Produktionsfirma oder als fiesen Investmentbanker?«

»Würde dir beides sehr gut stehen.«

»Danke.«

»Aber du müsstest dir schon noch angewöhnen zu trinken. Ganz ehrlich, wie hältst du das aus in solchen Bars wie gerade eben, ohne etwas zu trinken?«

Als Damian nicht antwortet, fragt sie: »Was ist, was schaust du mich so an?«

»Ich ... äh ... habe mir gerade etwas Merkwürdiges vorgestellt.«

»Mit mir?«

»Uns beide im Altersheim.«

Natascha fängt so laut an zu lachen, dass die Menschen auf der anderen Seite herüberschauen.

»Was? Dass ich auf einer Bank sitze und dich zum hunderttausendsten Mal frage, warum du nichts trinkst, und selber schon ganz dement bin?«

»So etwas in der Art.«

»Warum stellst du dir so etwas vor?«

»Das passiert ganz zwanghaft von alleine. Ich kann das nicht steuern.«

»Okay, so Sachen habe ich auch.«

»Was denn so?«

»Wenn ich jemanden Neues länger anschaue, stelle ich mir vor, wie die Person wohl ohne Haare aussehen würde. Vor allem bei Frauen – wie stünde ihnen eine Glatze?«

»Eine essenzielle Frage«, sagt Damian und schüttelt den Kopf. »Da, die Tram kommt. Soll ich dich tragen?«

»Danke, Prinz, ich schaff das.«

21

Es poltert im Vorgarten. Natascha zuckt zusammen. Kurz danach geht die Haustür auf. Durch die offene Tür von Damians Zimmer sieht Natascha, dass Johannes hereinkommt. Sie dreht den Kopf zu Damian. »Er ist allein«, flüstert sie mit einem vielsagenden Blick.

»Schade«, flüstert Damian zurück, »aber besser für ihn.«

Natascha blickt ihn fragend an, aber Damian spricht nicht weiter.

Johannes kommt an ihrem Zimmer vorbei. Er bleibt stehen und mustert Natascha und Damian, die nah beieinander auf dem Bett liegen.

»Guten Abend«, sagt Damian. »Wir hatten gar nicht mehr mit dir gerechnet.«

»Ja, das sieht so aus«, antwortet Johannes kühl und wendet sich zur Treppe.

Als er die Treppe hochgeht, flüstert Natascha: »Er macht mir irgendwie Angst.«

Sie hören die Badezimmertür im ersten Stock. Damian dreht den Kopf zu ihr. »Was soll uns schon passieren?«

»Was ist, wenn er ein totaler Creep ist?«

»Ist er nicht.«

Ein paar Minuten später hören sie, wie er das Bad verlässt und in sein Zimmer geht. Kurz darauf blinkt Damians Handy, das neben ihm auf der Matratze liegt, hell auf. Mit der freien Hand greift er danach. Johannes ruft an.

»Let's facetime«, sagt er und zieht seinen Arm, der um Nataschas Schultern liegt, zurück, um sich ein Stück aufzurichten. »Johannes?«, fragt er.

»Hi aus dem ersten Stock«, antwortet er.

»Bekommen wir keinen Partybericht?«, fragt Damian. »Du sahst so aus, als hättest du Spaß.«

»Ja, ja«, antwortet er, »das hatte ich. Wo ist Natascha?«

»Hier neben mir«, sagt Damian und rutscht wieder ein Stück tiefer, damit er mit Natascha in das Bild passt.

»Alles okay bei dir?«, fragt Natascha und macht ein Peace-Zeichen Richtung Kamera.

»Ja, natürlich«, antwortet Johannes.

»Ich habe mir gerade ein bisschen Sorgen gemacht.«

»Ach nein. Ich hatte gerade nur ein bisschen Trennungsschmerz, als ich den Club verlassen habe. Und dann komme ich hierher und sehe euch beide zusammen.«

»Ach so«, Natascha lacht erleichtert, »warum hast du die hübsche Frau denn nicht mitgebracht?«

»Sie und ihre Freunde wollten noch weiterziehen in einen Club. Ich hatte keine Lust mehr.«

»Wirst du sie wiedersehen?«, fragt Damian.

»Mal schauen, ist ja noch ein bisschen Messe.« Johannes unterdrückt ein Lächeln. »Was macht ihr so? In dem Schummerlicht kann ich nur eure Umrisse erkennen.«

Damian streckt sich und knipst die Lampe auf dem Nachttisch an.

»Wir sind ungefähr vor einer Stunde hergekommen, nachdem wir Ewigkeiten auf die Tram gewartet haben.«

»Und dann?«, fragt Johannes.

»Dann bin ich schlafen gegangen«, erzählt Natascha weiter. »Aber ich habe es nicht ausgehalten in meinem Bett.«

Sie zögert einen Moment, bevor sie weiterspricht.

»Manchmal sehe ich nachts dunkle Gestalten, die um mein Bett herumstehen. Manche davon wollen zu mir, sie sind bedrohlich und ich bekomme Todesangst.«

Sie beißt sich auf die Lippe.

»Ich habe eine Panikattacke bekommen, mit Schweiß-ausbrüchen und Atemnot. Dann bin ich aus dem Zimmer geflüchtet. Damian war noch wach. Er lag auf dem Bett und hat gelesen. Ich habe mich zu ihm gelegt, damit ich nicht alleine bin. Seitdem liegen wir hier und unterhalten uns.«

Einen Moment lang sagt niemand etwas.

»Tut mir leid, das zu hören mit der Panik«, sagt Johannes. »Und tut mir leid, dass ich vorhin so reagiert habe. Ich bin einfach ein bisschen eifersüchtig, weil ihr euch so mühelos versteht.«

»Was sind das für dunkle Gestalten, die du siehst?«, fragt Damian.

»Bedrohliche, große Wesen. Ich glaube, sie haben Kapuzen auf und sind von oben bis unten dunkel.«

»Sind es Menschen, die du schon einmal gesehen hast?«

»Ich kann keine Gesichter erkennen.«

»Vielleicht sind es ja Tote«, sagt Damian. »Hier im Haus wäre das zumindest möglich.«

»Brr«, sagt Johannes, »habt ihr Leichen im Keller?«

Damian lacht kurz auf.

»Nein, das nicht. Aber das Haus hat meinen Eltern gehört und sie sind gestorben.«

»Das heißt, es ist jetzt dein Haus?«

»Es gehört mir und meinem Bruder.«

»Sind sie hier im Haus gestorben?«, fragt Johannes. »Tut mir leid, wenn die Frage unangebracht ist.«

Damian stützt sich auf den Ellbogen auf und seufzt.

»Müssen wir mitten in der Nacht über so schwierige Themen reden? Nein, sie sind nicht hier gestorben.«

Er lässt sich wieder auf die Matratze fallen. Die anderen beiden sagen nichts.

»Ich denke, wir sind an dem Punkt angekommen, dass wir uns unsere umgeschriebene Lebensgeschichte vorlesen sollten«, sagt Natascha. »Wir wissen nichts voneinander.«

»Okay, aber ich gebe sie euch zum Lesen. Vorlesen geht nicht«, sagt Johannes.

Natascha schaut zu Damian, der immer noch ausgestreckt auf der Matratze neben ihr liegt und die Decke anstarrt.

»Was ist mit dir Süßer?«, fragt sie und knufft ihn mit einer Hand in die Rippen.

»Ich mach alles, was ihr wollt«, sagt Damian zur Decke, »aber einfach nicht mehr heute.«

»Gute Idee«, sagt Johannes. »Ich gehe jetzt schlafen.«

»Gute Nacht nach nebenan«, sagt Natascha und winkt kurz. Dann legt sie auf und legt Damians Handy zur Seite.

Damian liegt nach wie vor unbeweglich auf dem Rücken.

»Ist es okay, wenn ich hierbleibe?«

Damian streckt seinen Arm aus in ihre Richtung. Sie rückt näher und legt ihren Kopf auf seine Schulter.

»Moment«, sagt er und richtet sich noch einmal auf, um das Licht auszuknipsen. Dann rutscht er näher an sie heran und legt wieder seinen Arm um sie. »Schlaf gut.«

Sie legt ihre Hand auf seine Brust und sagt leise: »Du auch«.

22

»Ich will heute die Art Unlimited sehen. Die Ausstellung mit den Riesen-Kunstwerken«, verkündet Natascha am Morgen. Sie nimmt die große Caffettiera vom Herd, die laut zu brodeln begonnen hat.

»Warte noch«, sagt Johannes, »die ist noch nicht fertig.«

»Die hat schon gekocht.«

»Aber noch nicht fertig.«

Natascha stellt die Caffettiera widerwillig zurück auf den Herd. »Der Kaffee schmeckt doch völlig verbrannt nachher.«

Johannes schüttelt den Kopf.

»Der Kaffee ist noch nicht fertig.«

Außer dem Brodeln des Kaffees ist nichts zu hören in der Küche. Natascha ist barfuß und hat hellblaue Schlafshorts an. Sie hat ihre ungekämmten Haare zu einem losen Dutt gebunden und trägt ein weißes T-Shirt. Sie lehnt mit verschränkten Armen am Kühlschrank und schaut Johannes abwartend an.

»Ha«, ruft sie und geht zum Herd. »Jetzt gibts Kaffee.«

Sie schenkt sich ein und schaut Johannes fragend an. Er nickt und greift nach der Milch, die in der Mitte des Tisches steht. Während sie ihm einschenkt, fragt er: »Wo ist Damian?«

»Ich weiß es nicht.«

»Habt ihr nicht zusammen geschlafen?«

»Als ich aufgestanden bin, war er noch im Tiefschlaf.«

Johannes deutet ein Nicken an. »Ich ruf ihn mal an.« Er nimmt sein Handy in die Hand und lässt es bei Damian klingeln. Niemand nimmt ab.

»Was willst du heute machen?«, fragt Natascha. Sie hat sich an den Tisch gesetzt und wartet, dass der Kaffee in der Tasse vor ihr abkühlt.

»Art Unlimited klingt gut«, antwortet Johannes. »Und diese Büchermesse würde ich mir gerne anschauen. I never read, oder so.«

Die Tür geht auf und Damian kommt herein. Er sieht verschlafen aus. Seine frisch gewaschenen Haare hängen ihm lose in die Stirn, wodurch er noch jünger wirkt.

»Hello«, sagt er und lächelt müde.

»Guten Morgen.«

Er geht zum Kühlschrank, nimmt eine Flasche Orangensaft heraus und setzt sich an den Tisch.

»Alles fit?«, fragt Johannes.

Damian nickt.

»Wir wollen heute auf die Art Unlimited und zu der Buchmesse«, sagt Natascha. »Bist du dabei?«

Damian zögert. »Ich glaube, ich bleibe heute hier«, sagt er, ohne die anderen beiden anzuschauen.

»Was willst du denn stattdessen machen?«, fragt Natascha. »Hast du keine Lust auf den Trubel unten in der Stadt?«

Damian zuckt mit den Schultern.

»Eher nein. Vielleicht später. Ich melde mich bei euch.«

Nach dem Frühstück geht Natascha duschen. Johannes setzt sich draußen in den Garten und liest. Es ist schon am Morgen sehr warm, aber in der Luft liegt noch eine angenehme Frische. Der Garten ist gepflegt, obwohl man merkt, dass er selten genutzt wird. Als Damian durch die Terrassentür in den Garten kommt, schaut Johannes von seinem Buch hoch.

»Ich fühl mich hier wie in einem verwunschenen Garten am Ende der Welt.«

Damian kommt ein paar Schritte auf ihn zu und sagt: »Ja, hier herrscht eine eigenartige Atmosphäre. Die ewige Ruhe gemischt mit dem Flair eines wilden Gartens. Obwohl es hier so aufgeräumt ist.«

»Genau. Man hat das Gefühl, mitten in der Natur zu sein. Wer kümmert sich um den Garten?«

»Ein Gärtner. Der macht das schon seit zwanzig Jahren.«

»Guter Gärtner«, sagt Johannes. »Wenn ich mal die Nase voll habe von Berlin, werde ich mir ein kleines Häuschen mit genau so einem Garten irgendwo auf dem Land suchen.«

»Landleben ist sowieso das Beste.«

»Du wohnst auch in der Stadt, oder?«, fragt Johannes.

»Nicht direkt. Genf ist nicht sehr groß und ich wohne in einem Vorort am See. Es ist sehr grün und hinter dem

Dorf liegt ein Wald, in dem ich fast jeden Tag spazieren gehe.«

»So etwas hätte ich auch gerne, aber ich könnte nicht ohne die Stadt. Mich beruhigt die Gewissheit, dass um mich herum viele Menschen sind.«

Damian lacht belustigt.

»Ich bin immer wieder ganz froh, dass ich auf dem Dorf genau das ausblenden kann.«

»Du bist also der wahre Sozialphobiker«, sagt Johannes stichelnd.

»Ach, was weiß ich. Bei mir kommt und geht das in Wellen. Mal mag ich die Welt und die Menschen. Mal möchte ich vor ihnen nur davonlaufen.«

Natascha kommt zu ihnen in den Garten. Ihre Haare sind noch etwas nass, aber sie hat keine Lust, sie zu föhnen. Sie setzt sich in einen der Stühle und schaut Johannes an: »Na, bist du bereit, einen ganzen Tag mit mir zu verbringen?«

»Und wie«, antwortet Johannes, »ich kann es kaum erwarten.«

»Gut«, sagt Natascha, »ich nämlich auch nicht.«

23

Natascha und Johannes verabschieden sich und gehen Richtung Straße. Ich bleibe auf dem Stuhl sitzen und stecke die rechte Hand in die Hosentasche. Als sich ihre Stimmen entfernt haben, bereue ich es schlagartig, dass ich nicht mit ihnen gegangen bin. Wie so häufig, wenn Menschen mich zurücklassen. Erst möchte ich es unbedingt, und wenn sie dann weggehen, packt mich der Wunsch, dass sie bleiben. In einer halben Stunde werde ich froh sein, dass sie weg sind und ich wieder Raum habe. Aber der Übergang von Gesellschaft zu Einsamkeit ist schwierig. Sogar wenn ich mit meinem ungeliebten Bruder zusammen war.

Aus einem Garten in der Nachbarschaft ertönt eine Motorsäge. Ich warte auf den Geruch von frisch geschnittenem Holz und verbranntem Benzin. Das wäre ein guter Morgen, um zu schreiben. Aber dafür brauche ich mein Notizbuch. Ich stehe auf und gehe in das Haus. Drinnen wechsle ich die Turnschuhe gegen ein Paar Flipflops, schnappe mir meine Schreibsachen, eine Wasserflasche und mein Handy. Dann setze ich mich wieder in den Garten. Ich schlage mein Buch auf und lese die letzten Sätze durch. Dann beginne ich zu schreiben.

Nach einer Stunde höre ich auf. Es ist heiß geworden, die angenehm kühle Morgenluft hat sich aufgelöst. Ich nehme meine Sachen und flüchte in das Haus. Ich hasse es, wenn einen die Hitze einsperrt. Dann fühle ich mich wieder einsam. Ich lege mich aufs Bett und überlege, ob ich zu den anderen gehen soll. Die Aussicht, mich in das Getümmel der Art zu stürzen, reizt mich überhaupt nicht. Ich will nur die Gesellschaft zurück. Mein Handy blinkt. Natascha hat ein Video geschickt von einem Performance-Künstler, der als Baum verkleidet durch die Straßen tanzt. Ich lache. Dann scrolle ich durch meine Chat-Verläufe und bleibe bei Ilona stehen. Wir haben uns seit mehr als zwei Jahren nicht gesehen. Ich zögere. In letzter Zeit habe ich wieder öfter an sie gedacht. An das, was wir falsch gemacht haben. Was wäre, wenn ich mich jetzt melden würde? Sie wohnt nur ein paar Straßen von hier entfernt. Ich rolle mich auf die Seite und starre die Wand an. Ich muss lachen bei der Vorstellung, dass die anderen mich jetzt sehen könnten, mitsamt meinen Gefühlen. Wie ich hier liege und nichts weiß. Weder, woran ich denken soll, noch, was ich tun könnte. Andere würden sich jetzt vielleicht ein kühles Bier aufmachen und den Ventilator einschalten.

Ich muss stattdessen an die leeren Stunden in den Sommerurlauben denken. Wir waren jedes Jahr auf Malta, und während der Tageshitze gab es für meinen Bruder und mich nichts zu tun. Je älter wir wurden, desto öfter lagen wir nur auf den Betten herum und haben gewartet, bis es draußen wieder angenehmer wurde und wir rausgehen konnten. Die Stunden waren lang und öde. Die Zimmer in unserem Ferienhaus waren wie Zimmer in jedem Ferienhaus. Ein Bett, ein Schrank, ein

Stuhl, eine kahle Wand. Vielleicht mit einem Acrylbild von der Hafenpromenade geschmückt. Je länger wir am Nachmittag gelangweilt auf den Betten lagen, desto schlechter schliefen wir in der Nacht. Sind wir an den Strand gegangen, haben wir dort auch nicht viel gemacht. Wir haben unter dem Sonnenschirm gelegen, sind ein paar Mal geschwommen oder zum Strandkiosk gegangen. Abends saßen wir stundenlang in Restaurants oder kochten und grillten in unserem Ferienhaus. Nur am frühen Morgen war ich etwas freier, wenn ich alleine oder manchmal auch zusammen mit meinem Vater joggen gegangen bin.

In diesen Urlauben war es immer nur eine Frage der Zeit, bis Christian und ich anfingen, uns zu streiten.

Wenn wir nach den Ferien nach Hause gekommen sind, war ich tatsächlich immer erholt, aber auch zu Tode gelangweilt. Ich war froh, dass das Leben wieder anfing und ich nicht weiter zum Liegen verurteilt sein würde. Christian hingegen igelte sich weiter ein. Er schloss sein Zimmer ab und lernte. Oder er tat im Geheimen Dinge, von denen ich nie etwas erfuhr. Manchmal kam er heraus, um mir zu sagen, dass ich auch mehr für die Schule tun sollte. Sport würde dumm machen.

Ich vermisse diese Zeit nicht, aber ich werde trotzdem nostalgisch, wenn ich daran denke. Der Raum um mich fühlt sich genauso an wie unser Ferienhaus damals: still, und man kann nichts tun. Ich muss aus diesem Gefühl raus. Mit einem Ruck schwinge ich mich seitlich auf die Bettkante in eine sitzende Position. Meine Schulter hat dabei geknackt. Ich glaube, ich werde alt. Als ich aufstehe und in die Küche schlurfe, sehe ich draußen den Gärtner, wie er liebevoll den Tannenbusch schneidet. Ich nicke ihm zu, als er aufschaut, und gehe dann zum Kühlschrank. Essen ist das Beste, wenn ich nicht weiß, was ich tun soll. Beim Essen ist mir nie langweilig. Es füllt mich mit neuem Leben und beansprucht meine Sinne. In den Ferien habe ich auch immer Unmengen gegessen. Meine Familie hat geglaubt, dass ich deshalb so groß geworden bin. Größer als mein Bruder und mein Vater. Als ich den Kühlschrank öffne, sehe ich, dass kaum etwas drin ist. Jemand muss einkaufen gehen. Das ist gut. Endlich eine Aufgabe für mich. Ich trinke noch ein Glas Orangensaft, dann mache ich mich direkt auf den Weg.

24

»Caramelita!«, ruft Natascha.

Johannes schaut sie verdutzt an.

»Lass uns Karamelleis essen.«

»Okay.«

Sie überqueren den Messeplatz und steuern auf einen Eiswagen zu. Es ist Nachmittag. Sie setzen sich auf den Brunnenrand und essen das Eis mit kleinen Löffelchen. Um sie herum ist viel los. Die ganze internationale Kunstszene stolziert an ihnen vorbei. Es gibt einmal die schwarz angezogenen edgy Kunstmenschen – meistens Galeristinnen oder Freunde von Künstlern. Dann gibt es die Millionäre aus Übersee, häufig mit einer Frau an der Hand, die sich auf hohen Schuhen durch die kilometerlangen Gänge quält. Wenn sie all die anderen Besucherinnen in Flipflops und Turnschuhen sieht, fragt sie sich, warum sie sich das angetan hat. Dabei klang es so verheißungsvoll: eine zeitgenössische Kunstmesse mit Prominenz und Champagner. Und dann gibt es die normalen Besucher, die direkt auffallen durch ihren bunt gefächerten Kleidungsstil und ihre fröhliche und abgelenkte Art. Sorglos stromern sie von Kunstwerk zu Kunstwerk und fotografieren, was ihnen gefällt. Die wirklich wichtigen Akteurinnen der Kunstszene sind nicht zu erkennen. Sie sind so unauffällig gekleidet, dass sie zwischen dem bunten Mischvolk aus Kunstinteressierten, Schwerreichen und Künstlerfreunden überhaupt nicht auffallen. Interessanterweise haben sie häufig Gesichter, die man sich nicht merken kann. Sie sind wie Chamäleons, und ihre Kleider haben dieselbe Farbe wie die Trennwände zwischen den Kojen oder die Kunstwerke ihrer bevorzugten Nachwuchstalente.

»Das Leben ist herrlich«, sagt Johannes und blinzelt in die Sonne.

»Es ist so gut, mal nicht in Berlin zu sein«, sagt Natascha.

»Und wie.« Johannes ist erstaunt darüber, wie sehr ihm diese Aussage aus dem Herzen spricht. Er lacht. »Und wie.«

»Mich hat das ganze Drama mit Yolanda und Kyle sehr belastet. Aber ich muss anerkennen, dass zu Hause zu bleiben die schlechteste Idee ist in so einem Fall.«

»Finde ich auch.«

Natascha blickt ihn von der Seite an. Sie hat eine schwarze Sonnenbrille auf und sieht mit ihren langen blonden Haaren wie ein Supermodel aus.

»Warst du auch mal in so einer Situation?«

Johannes lacht bitter auf.

»Das kann man so sagen.«

Als Natascha nichts sagt, aber ihn weiter anblickt, fährt er fort: »Meine Nachbarin.«

Natascha schüttelt den Kopf.

»Nicht die Nachbarin, Johannes, das weiß doch jedes Kind.«

»Es passiert trotzdem manchmal.«

Natascha lacht.

»Jep.«

Sie zieht ihr Handy aus der Handtasche, um auf die Uhr zu schauen. Es ist Viertel nach drei. Dann dreht sie sich wieder zu Johannes.

»War es ernst zwischen euch?«

»Wir waren ein Paar, fast ein Jahr lang.«

»Hört, hört«, sagt Natascha anerkennend. »Was ist dann passiert?«

»Es wurde alles so kompliziert. Sie hat viel gearbeitet und kam jeden Abend in einer anderen Stimmung nach Hause. Ich wusste nie, in welcher Verfassung ich sie wiedersehen würde.«

»Das ist bei Frauen grundsätzlich so, oder?«

Johannes dreht den Kopf zu ihr.

»Ist das eine Falle?«

»Nein, Quatsch«, sagt Natascha. »Ich kenne mich aber aus. Du kannst mit mir ganz offen reden.«

»Das sagen alle Frauen«, antwortet Johannes und lacht. »Darauf falle ich nicht herein.«

Er steht auf, um sein Eisbecherchen in den Abfalleimer zu werfen. Natascha hält ihm ihren hin.

»Dann nimm wenigstens das hier mit«, sagt sie gespielt schnippisch.

»Selbstverständlich«, antwortet Johannes stoisch. Ihm gefällt die Vorstellung, dass es so aussieht, als würden sie zusammengehören.

Natascha lächelt, nachdem er sich umgedreht hat. Sie schaut wieder auf ihr Handy. Keine Nachricht.

»Damian hat sich nicht gemeldet«, sagt sie, als Johannes zurückkommt.

»Dann müssen wir uns wohl alleine beschäftigen«, antwortet Johannes.

»Meinst du, wir sollen ihn anrufen?«

»Nein.«

»Was haben wir vor?«

»Buchmesse«, antwortet Johannes, »damit habt ihr mich hergelockt.«

»Stimmt«, sagt Natascha, »ausnahmsweise hast du mal recht. Laut meinem Plan müssen wir diese Straße runter bis zum Claraplatz, dann rechts, und dann ist links die Kaserne.«

»Lass uns unterwegs noch was zu trinken kaufen«, sagt Johannes. »Ist dir auch so heiß?«

»Nein, ich fühle mich pudelwohl. Ich vergesse immer wieder, wo ich bin. Es ist wie Urlaub.«

»Mir ist einfach nur heiß.«

»Wir kaufen dir zwei Liter Eiswasser, keine Sorge.«

25

Als Natascha und Johannes am späten Abend wieder in dem Haus auf dem Bruderholz eintreffen, sitzt Damian auf dem Sofa und schaut fern. Er freut sich, dass sie zurückkommen, und steht auf, um sie zu begrüßen.

»Wie geht es euch?«, fragt er und macht das Licht in der Küche an, um etwas zu trinken für sie zu holen.

Natascha schaut Johannes an und sagt dann zu Damian: »Gut geht es uns, oder?«

»Hervorragend«, pflichtet Johannes ihr bei. »Habt ihr auch Lust, euch in den Garten zu setzen und ein Bier zu trinken? Es ist noch viel zu heiß, um jetzt schon schlafen zu gehen.«

»Gerne«, antwortet Damian. »Ich war vorhin auch draußen, aber es war einfach zu heiß.«

Natascha steht bereits am Kühlschrank und nimmt drei Flaschen Bier heraus.

»Damian?«, sagt sie und hebt fragend eine Flasche Bier in seine Richtung. »Möchtest du uns heute Abend mal überraschen?«

»Nein«, antwortet er. »Ich nehme ein Glas Wasser.«

Natascha zuckt gespielt resigniert mit den Schultern.

»Ich habe es versucht.«

»Wir haben schon jede Menge getrunken«, erklärt Johannes, als Natascha die beiden Bierflaschen, die sie auf dem Tisch abgestellt hat, beinahe umwirft.

Damian nickt. »Kein Problem. Das sollte hier oben niemanden stören. Wollt ihr auch noch was essen? Es gibt frische Dolmas und Baguette.«

»Oh ja«, sagt Johannes.

Natascha schüttelt den Kopf.

»Ich konzentriere mich darauf, die beiden Flaschen herauszubringen. Gibt es draußen irgendwo Licht?«

»Ich leuchte dir den Weg«, sagt Damian und geht voraus.

Der Tisch steht ein Stück vom Haus entfernt auf der Wiese. Damian holt einen dritten Stuhl von der Terrasse. Johannes kommt mit einem Teller und einer Karaffe Wasser dazu.

Natascha erzählt von der Art Unlimited. Wie groß die Kunstwerke sind. Und wie frei sie das findet.

»Ich würde auch gerne so große Werke erschaffen. Sowieso finde ich einen Pinsel einen sehr engen Kanal dafür, meine Vorstellung auf die Leinwand zu bringen. Meine Vorstellung ist bunt, laut und groß, und dann habe ich nur so ein Haarbüschel, mit dem ich das vorsichtig aufmalen kann. Manchmal habe ich das Bedürfnis, mit dem ganzen Körper zu malen.«

»Was meinst du, wie es uns geht beim Schreiben?«, fragt Johannes. »Wir haben nur einen dünnen Stift oder so quadratische Tasten zum Draufdrücken in einem unintuitiven Rhythmus.«

Natascha kichert.

»Manchmal wäre es schön, wenn Schreiben nicht so eine fisselige Tätigkeit wäre, wenn ich die Textwelt erschaffen könnte, in dem ich etwas Praktisches tue und nicht unergonomisch kritzele.«

»Schreiben durch Holzhacken«, sagt Johannes.

»Ja, genau«, antwortet Damian, »oder durch sich Am-Strand-Wälzen oder Joggen.«

»Wieso muss man künstlerische Sachen immer mit den Händen machen?«, fragt Natascha.

»Du könntest dich doch auf deine Leinwand drauflegen«, sagt Johannes. »In die Farbe. Und dann mit dem ganzen Körper malen.«

»Interessanter Gedanke.«

»Du könntest Kyles Zimmer dafür nehmen.«

»Ganz ehrlich, Leute. Ich glaube, das mache ich, wenn wir wieder in Berlin sind. Ich kleide das ganze Zimmer aus mit Schutzpapier und kaufe große Farbeimer. Stellt euch mal vor, wie gut das sein muss, komplett in Farbe zu planschen. Das hat so was Urinstinktives«, sagt Natascha.

»Und was machen wir?«, fragt Damian.

»Ihr könntet am ganzen Körper Bleistifte befestigen und damit schreiben«, schlägt Natascha vor. »Oder ihr bringt euch das Schreiben mit den Füßen bei.«

»Ich glaube, wir müssen wegkommen von der Schrift. Dieses präzise Geschnörkel engt uns ein«, sagt Johannes.

»Was ist die Alternative?«, fragt Damian.

»Mündliche Überlieferung«, sagt Natascha.

»Nein«, sagen Johannes und Damian gleichzeitig.

»Schon gar nicht bei Lyrik«, ergänzt Johannes.

»Bei Romanen aber auch nicht«, sagt Damian und schüttelt energisch den Kopf.

Sie sitzen still in der Dunkelheit und jeder hängt seinen Gedanken nach. Johannes schlägt nach einer Mücke, die um die große Kerze in der Schale sirrt.

»Ein persönlicher Stenograf wäre eine Option«, sagt Damian. »Der würde im Gegensatz zu Diktierprogrammen selbst die Satzzeichen einfügen.«

»Stimmt, das wäre weniger bizarr, als wenn man zu einem Computer sagt: ›Sie lächelte ihn an, Komma, bevor sie im Aufzug verschwand, Punkt.‹«

»Viel besser«, sagt Damian.

»Aber ich hätte ein Problem damit, wenn mich ein Stenograf erwartungsvoll anschaut und ich irgendwas sagen müsste.«

»Es müsste ein dezenter Mensch sein, dessen Anwesenheit man gar nicht merkt. Und wenn man anfängt, zu sprechen, schreibt er unauffällig mit.«

»Eure Schriftstellerfantasien«, sagt Natascha und schüttelt den Kopf. »Aber so ein unauffälliger Begleiter, der Ideen festhält, wäre auch für mich was.«

»Apropos Schriftsteller«, sagt Johannes an Damian gewandt, »wann bekommen wir von dir eigentlich mal etwas zu lesen?«

»In ein oder zwei Monaten bin ich fertig mit der Rohfassung meines ersten Buches. Dann kommt die Überarbeitung.«

»Gut«, sagt Johannes, »ich würde es dann gerne lesen. Ich will nämlich in deinen Kopf gucken.«

»Wie bitte?«, fragt Damian.

»Du hast schon in meinen Kopf geguckt. Mein Gedichtband ist ja öffentlich. Jetzt will ich auch.«

Natascha giggelt angetrunken und zeigt mit dem Finger auf die beiden.

»Ihr wollt euch gegenseitig in den Kopf gucken?«

»Nein«, präzisiert Damian, »der Irre dort möchte in meinen Kopf gucken.«

»Aber du hast meinen Gedichtband ja gekauft aus irgendeinem Grund«, sagt Johannes.

»Aus Interesse«, antwortet Damian.

»Genau, aus In-den-Kopf-gucken-Interesse«, sagt Johannes.

»Vielleicht ein bisschen«, sagt Damian. »Wenn man sich nicht kennt, ist das eine Möglichkeit, mehr voneinander zu erfahren.«

»Absolut«, sagt Johannes. Dann wendet er sich an Natascha. »Was ist mit dir? Dürfen wir mal einen Einblick in deine malerische Körperarbeit bekommen?«

»Ja, klar«, antwortet sie und nimmt ihr Smartphone in die Hand, das umgedreht auf den Tisch lag. »Bisher ist das leider noch keine Körperarbeit, sondern fein säuberlich mit dem Pinsel aufgetragen, aber ich habe ein paar Bilder.«

Sie scrollt durch die Bildergalerie und klickt ein paar Bilder an. Dann reicht sie das Handy weiter an Johannes.

»Wenn du nach rechts swipst, kommen noch mehr.«

Damian ist mit dem Stuhl neben Johannes gerückt, damit er die Bilder anschauen kann.

»Wow«, sagt Johannes, »ich glaube, ich habe noch nie so bunte Bilder gesehen.«

»Ich habe die Depri-Phase hinter mir gelassen«, sagt Natascha und kippt den letzten Rest aus ihrer Bierflasche in das Gras.

»War warm«, sagt sie, als Johannes sie entsetzt anschaut.

»Was hast du vor mit deinen Bildern?«, fragt Damian. »Mir gefallen sie extrem gut.«

»Im Moment lagere ich sie im Keller.«

»Und dann?«

»Überleg ich mir noch.«

Um sie herum ist es tiefschwarz. Von der Straße fällt das schwache Licht der Straßenlaternen in den vorderen Teil des Gartens. Auf ihrem Tisch flackert die Kerze.

»Ist das gemütlich«, sagt Natascha in die Stille.

»Es ist genial, dass da vorne schon der Waldrand ist«, ergänzt Johannes. »Wir haben heute festgestellt, dass es für uns wie Urlaub ist hier.«

Damian lacht ein wenig ungläubig.

»Wir sind immer noch in der Zivilisation«, sagt er. »Das bunte Leben ist nicht mal einen Kilometer Luftlinie entfernt.«

»Wem gehört das Haus noch mal?«, fragt Natascha.

»Mir«, antwortet Damian, »und meinem Bruder.«

»Krass, du hast ein Haus«, sagt Natascha. »Warum lebst du nicht hier?«

»Weil ich in Genf studiert habe.«

Er leert den Rest Wasser aus der Karaffe in sein Glas und sagt: »Ich habe heute meine Geschichte noch mal falsch rum aufgeschrieben. Soll ich sie euch erzählen?«

Johannes blickt ihn überrascht an. »Natürlich, gerne.«

Natascha steht auf. »Ich gehe nur ganz schnell ins Bad und hol uns noch was zu trinken. In einer Minute bin ich wieder da.«

»Keine Angst, das wird keine ewige Erzählstunde«, sagt Damian.

Während Natascha in das Haus geht, zieht Johannes seine Schuhe aus und streckt seine Beine so, dass die Füße auf der Wiese sind.

»Fühlt sich das gut an«, sagt er. »Der Rasen ist angenehm kühl.«

Als Natascha zurückkommt, stellt sie die gefüllte Wasserkaraffe auf den Tisch und setzt sich hin.

»Haben wir kein Bier mehr?«, fragt Johannes.

»Zu Damians Ehren trinken wir jetzt Wasser.« Natascha schenkt allen ein und stellt die Karaffe auf dem Tisch ab. »Brauchst du sonst irgendwas? Eine Zigarre oder so?«

Damian schmunzelt.

»Nein, eigentlich nicht.«

Dann steht er auf und geht ins Haus.

Johannes und Natascha schauen sich an.

Kurz darauf erlischt das Licht im Haus und Damian kommt über die dunkle Wiese zu ihnen gelaufen. Er setzt sich und blättert in dem Notizbuch, das er mitgebracht hat. Mit einer Hand hält er sein Handy als Taschenlampe auf den Inhalt gerichtet. Er hört auf, zu blättern, und liest ein paar Zeilen. Dann hebt er den Kopf: »Seid ihr euch sicher?«

»Bist du dir sicher?«, fragt Natascha und lächelt.

»Ich habe es so gemacht, wie du gesagt hast, und alles so aufgeschrieben, als hätte ich mir dieses Leben ausgesucht.«

Sie nickt erwartungsvoll.

Damian räuspert sich.

»Es war einmal ein schmutziger Gedanke in den Köpfen zweier Menschen. Manche nennen es auch Quark im Schaufenster, ich habe nie verstanden, warum. Jedenfalls war ich gerade damit beschäftigt, den Mond zu putzen – auch das sagen manche –, als ich merkte, dass dieser schmutzige Gedanke etwas für mich sein könnte. Ich stellte den Putzeimer ab und betrachtete diese beiden Menschen. Ich entschloss mich kurzerhand dazu, ihren Wunsch zu erfüllen. Ich wusste, dass es bessere Eltern geben würde, aber ich wollte Eltern, die es mir nicht leicht machen würden. Nicht, weil sie mich schlecht behandeln oder die falschen Anforderungen an mich stellen würden. Sie würden ganz normal sein, beruflich erfolgreich, gebildet und humorvoll. Aber ich würde ihnen ziemlich gleichgültig sein. Es würde sie nicht interessieren, ob ich gut oder schlecht in der Schule oder nett zu anderen Kindern wäre. Meine Eltern würden mich nicht verstehen. Und ich würde sie nicht verstehen.

Im Grunde genommen würden sie einfach warten, bis ich auch groß wäre, um an ihrer Welt teilhaben zu können. Sie würden mir all die Dinge beibringen, die sie für wichtig hielten, wie man Geschirr abwäscht, einen Tennisball richtig aufschlägt oder eine Flasche Wein vollendet entkorkt. Ich würde mir wünschen, dass meine Eltern sich auch für mich interessierten. Ich würde alles ausprobieren, um ihre Aufmerksamkeit zu bekommen; ich würde brav sein, um von ihnen gelobt zu werden, ich würde Ärger machen, um von ihnen bestraft zu werden. Ich würde Witze machen, um sie zu unterhalten, und ich würde traurig sein, damit sie mich trösteten. Aber sie würden jedes Mal nur mit den Schultern zucken und darauf verweisen, dass ich Gott sei Dank eines Tages erwachsen sein würde. Sie würden mir beibringen, Gefühle zu verbergen, und sie würden mich lehren, wie man Anforderungen erfüllt, die an einen gestellt werden. Aber immer würde alles, was ich empfinde, nicht wichtig sein. Ich würde nur größer werden müssen, dann würde ich es schon verstehen.

Ich habe mir diese Eltern ausgesucht, um von ihnen zu lernen, wie man den meisten Dingen gegenüber gleichgültig wird, denn diese Fähigkeit ist wichtig, wenn man nicht durchdrehen will. Und ich habe sie mir ausgesucht, um von ihnen zu lernen, dass es falsch ist, die Gefühle anderer Menschen nicht ernst zu nehmen. Ich wollte außerdem, dass sie Franzosen sind, damit ich diese komplizierte Sprache perfekt sprechen kann. Und wir sollten in Basel leben, weil es hier alles gibt, was ich brauche. Ich kannte auch den Preis meiner Wahl: Eines Tages würden meine Eltern auf der Autobahn in die Leitplanke rasen und sofort tot sein. Weil sie getrunken haben würden und weil es ihnen egal sein würde, dass zu Hause zwei Söhne warteten, die erst vierzehn und sechzehn waren. Irgendwer würde sich schon um sie kümmern. Notfalls der Staat. Deshalb würden sie unbekümmert in die Leitplanke knallen können.«

Damian hält inne.

Es ist ruhig im Garten. Johannes blickt auf die Wiese, Natascha schaut Damian an.

Er blättert die Seite um und liest weiter: »Ich würde viel allein sein, weil ich die Gegenwart anderer Menschen nicht ertrage. Das würde so sein, weil ich mir ausgesucht hätte, Schriftsteller zu werden, und dafür ein zu ausgeprägtes Sozialleben nicht geeignet wäre. Mich würden Begegnungen interessieren, aber ich würde lernen müssen, sie nicht zu analysieren, sondern das Gefühl auszuhalten, das sie mir vermitteln. Wie bei allen Wahrnehmungen. Sie zu verstehen, ist nur ein vermeintlicher Trost. Sie wirken zu lassen viel direkter.

Außerhalb von meiner Familie würde ich die meisten Menschen komisch finden. Sie würden Leben leben, die auf keinen Fall erstrebenswert sein können. Mit aussichtslosen Berufen und Beziehungen. Je älter sie würden, desto häufiger tränken sie in Gesellschaft und würden damit ihren Frieden finden. Als bestünde das Leben aus nichts anderem als geselligem Essen und Trinken. Durch sie würde ich mich fremd fühlen. Fremd in dieser Welt.

Wenn sie Menschen sein würden, wäre ich etwas anderes. Ich würde nicht so denken und handeln wollen wie sie, obwohl sie nichts Schlimmes getan hätten. Durch dieses Gefühl, fremd zu sein, würde mir etwas fehlen. Eine Zugehörigkeit zu einer Existenzform. Ich würde lange herumschwirren und die Füße nicht auf dem Boden haben. Dafür würde ich mich aber besser fühlen als die anderen. Weil ich ihre stumpfe Seinsform nicht teilte. Mein Leben würde weniger auf basale Bedürfnisse ausgerichtet sein, sondern auf schöne Qualitäten. Ein Stein am Rheinufer, vom Wasser in eine spezielle Form geschliffen, würde mich mehr berühren als irgendein Ehebruch im Freundeskreis meiner Eltern oder ein Streit mit den Nachbarn. Trotzdem würde ich mich irgendwann damit abfinden müssen, auch ein Mensch zu sein. Das würde beginnen, wenn ich vierzehn wäre, wegen der Leitplanke auf der A 2. Ich würde lernen zu schreien – etwas sehr Irdisches und Stumpfes. Ich würde lernen, mich zu verteidigen, gegen Menschen, die es nur gut meinten mit mir, gegen Behördenvertreter und gegen den Tod. Der Tod würde mir jahrelang hinterherlaufen und ich könnte ihn nur stoppen, wenn ich anfinge zu schreiben.«

Sie schweigen. Vor dem Haus fährt ein Auto durch die Stille, das Licht der Scheinwerfer zieht über die Wiese. Johannes sucht nach Worten.

»Wow«, sagt Natascha. »Eine geballte Ladung Konjunktiv.«

»Was für ein Leben«, sagt Johannes endlich.

Damian schaut auf seine Hände. Trotz der Dunkelheit meidet er den Blick der anderen.

»Tut das weh?«, fragt Natascha.

Johannes blickt sie entsetzt an. Sie hebt die Schultern, als würde sie seine Empörung nicht verstehen.

»Wir haben es ja noch vor uns«, sagt sie zu ihm. »Vielleicht ist es viel schlimmer, als wir es uns vorstellen.«

»Ich stelle es mir schlimm vor«, sagt Johannes. »Deshalb werde ich es euch ja auch nicht vorlesen, sondern schicken.«

»Vielleicht sollte ich das auch machen«, sagt Natascha.

Damian steht auf.

»So Leute, ich brauche jetzt etwas Zeit für mich. Ich hatte mir das doch irgendwie leichter vorgestellt.«

Dann geht er Richtung Haus. Sie sehen, wie das Licht angeht und kurz danach wieder aus.

Natascha weicht dem Blick von Johannes aus. Sie steht schnell aus ihrem Stuhl auf und geht ins Haus. Johannes seufzt. Er streckt erneut seine Beine, faltet die Hände über seinem Bauch, sodass seine Ellbogen bequem auf den Armlehnen liegen, und schaut in die Dunkelheit. Er hat schon länger nicht mehr so viel Zeit draußen verbracht und kostet die Stille und die gute Luft aus. Die Hitze am Tag hat ihn geplättet. Und Natascha. Sie ist ein Energiebündel, das nie eine Pause braucht. Aber er hat auch schon lange nicht mehr so viel gelacht wie heute. Häufig innerlich, um ihr nicht zu zeigen, wie gern er ihren Humor hat. Jetzt ist er froh, endlich allein zu sein. Keine Gespräche mehr. Er fühlt sich ein bisschen heiser vom vielen Sprechen und sein Mund ist ganz trocken. Auf dem Tisch vor ihm stehen lauter Gläser und eine leere Wasserkaraffe. Damians Glas ist noch voll. Johannes nimmt das Glas und trinkt es leer.

Drinnen im Haus treffen Natascha und Damian im Flur aufeinander. Er lächelt und geht an ihr vorbei in sein Zimmer. Sie geht in dieselbe Richtung und bleibt in der Tür stehen. Er zieht sein T-Shirt aus und legt es über den Stuhl. Dann geht er zu Natascha und bleibt vor ihr stehen.

»Alles in Ordnung?«, fragt Natascha.

Er nickt. Seine Augen haben das übliche sanfte Strahlen. Er sieht nicht unglücklich aus, aber es wirkt, als wäre er weit weg.

»Kann ich nachher wieder zu dir kommen?«

Damian zögert. Dann schüttelt er den Kopf.

»Ich will alleine sein heute Nacht«, sagt er.

Sie versucht, sich ihre Enttäuschung nicht anmerken zu lassen, und nickt.

»Dann hole ich eben meine Sachen«, sagt sie.

»Ich habe sie dir schon in dein Zimmer gelegt«, sagt er.

»Okay, gute Nacht.«

»Gute Nacht«, antwortet er.

26

»Studio Basel klingt geil«, sagt Johannes, als die Halte-
stellenansage in der Tram ertönt.

Natascha kichert.

»Ich könnte mein Malatelier ›Studio Berlin‹ nennen.
Aber das gibt es bestimmt schon.«

»Warte, ich schau mal nach«, sagt Johannes und
nimmt sein Handy heraus.

Im gleichen Moment springt Damian von seinem Platz
auf und wechselt auf einen Sitz auf der anderen Seite des
Ganges.

»Es ist so heiß hinter der Scheibe«, sagt er, »dabei ist
es gerade mal 11 Uhr.«

»Wir werden heute mit Sicherheit wieder geschmort«,
sagt Natascha.

»Studio Berlin gibt es schon«, sagt Johannes. »Für alle
möglichen Künste, auch für Malerei. Ich habe das noch
nie gehört.«

»Ich auch nicht. Aber der Name ist echt gut.«

Auf dem Bruderholz ist die Tram noch recht leer. Sie
füllt sich immer mehr, je näher sie dem Messeplatz
kommen. Doch bevor sie unten in der Stadt ankommen,
bleibt die Tram am Berg stehen.

»Gefangen in der Wolfschlucht«, sagt Johannes mit
einem Blick auf das Schild an der Haltestelle. »Auch ein
schöner Name.«

Natascha legt ihre Handtasche auf den Platz, auf dem Damian vorher gesessen hat, und bindet sich ihre langen Haare zu einem Zopf. Dabei sagt sie zu Johannes: »Was mir gestern noch in den Sinn gekommen ist – wie war das eigentlich mit dir und deiner Nachbarin, als ihr euch getrennt habt? Seid ihr euch oft über den Weg gelaufen?«

Damian dreht belustigt den Kopf zu ihnen, um die Antwort zu hören.

»Ja«, sagt Johannes und gibt eine Mischung aus einem Seufzer und einem Lacher von sich. »Direkt nach unserer Trennung haben wir uns beide eine Grippe eingefangen. Keine Ahnung, wer von uns sie mitgebracht hat, aber er hat den anderen angesteckt, wahrscheinlich bei unserem letzten Gespräch. Und dann saßen wir plötzlich eingesperrt nebeneinander, auf demselben Stockwerk.«

Natascha und Damian lachen.

»Das wäre doch die ideale Gelegenheit gewesen, wieder zueinanderzufinden«, sagt Natascha.

Johannes schüttelt den Kopf.

»Bist du stur?«

»Kommt drauf an.«

»Was ist das für eine Geschichte mit deiner Nachbarin?«, fragt Damian jetzt von der anderen Seite des Gangs.

»Sie ist irgendwann eingezogen in die Wohnung mir gegenüber. Am Anfang ist sie mir nicht wirklich aufgefallen, damals habe ich auch noch im Büro gearbeitet. Eines Tages sind wir ins Gespräch gekommen, und daraus ergab sich dann mehr. Nach ein paar Wochen waren wir zusammen. Praktischerweise haben wir auch quasi schon zusammengewohnt. Die ersten Monate waren sehr schön, aber es fing schleichend an, komplizierter zu werden.«

Der Türalarm der Tram tutet mehrmals laut, dann schließen die Türen. Die Tram setzt sich langsam wieder bergabwärts in Bewegung.

»Wir haben beschlossen, eine Beziehungspause einzulegen, um zu schauen, wie es weitergehen soll. Tja, und dann ...«

»Was dann?«, fragt Natascha ungeduldig.

»Drei Tage später kam sie abends nach Hause und war nicht alleine. Ich konnte mir zwar denken, was da läuft, aber ich wollte es von ihr hören. Deshalb bin ich am nächsten Morgen vor der Arbeit zu ihr gegangen.«

»War der Typ schon weg?«

»Ja, sie war alleine. Ich hab ihr gesagt, dass ich keinen Kaffee mehr hätte, und sie gefragt, ob ich bei ihr einen trinken kann. Sonst hätte sie mich nicht in die Wohnung gelassen. Sie war gerade dabei, sich fertig zu machen, um zur Arbeit zu gehen. In der Küche habe ich dann angefangen, Fragen zu stellen, während ich Kaffee gemacht habe. Sie hat erst sehr ausweichend reagiert. Dann kam heraus, dass sie sich schon seit ein paar Wochen mit ihm traf, also auch schon zu der Zeit, als wir noch zusammen gewesen waren.«

»Dann bist du ja auch betrogen worden.«

»Ja. Zum Glück ist das bald über ein Jahr her. Das macht es langsam erträglicher«, antwortet er.

»Du wurdest nicht zufällig auch hintergangen in letzter Zeit?«, fragt Natascha Damian.

Er schüttelt den Kopf. »Aber ich hätte das an Johannes' Stelle auch nicht verziehen.«

»Niemals«, sagt Natascha.

»Ist das nicht total der Psychoterror, nebeneinander zu wohnen, wenn man frisch getrennt ist?«, fragt Damian. »Man kann ja kaum verbergen, wenn man sich mit jemand Neuem trifft, und muss sich immer wieder sehen.«

»Es ist sehr unangenehm«, sagt Johannes. »Unsere Wohnungstüren liegen direkt gegenüber. Durch den Türspion fühlt man sich vom anderen konstant beobachtet. Man sieht immer, wenn jemand hindurchschaut, weil es dann dunkel wird hinter dem Spion.«

Die Tram wird von Haltestelle zu Haltestelle voller. Ein älterer Herr hat sich neben Natascha an das Fenster gesetzt. Er sagt zu Johannes auf Schweizerdeutsch: »Ich lebe seit zwanzig Jahren mit meiner Ex-Frau Tür an Tür. Ich weiß genau, wovon Sie reden.«

Damian lacht und lehnt sich etwas vor. Er übersetzt für Johannes, der es nicht verstanden hat.

»Du bist nicht der Einzige, dem es so geht.«

»Nein, nein«, ruft eine Frau, die vor ihnen sitzt und sich jetzt umdreht. Sie ist um die fünfzig und hat eine tiefe Stimme, als hätte sie am Vortag zu viel Whiskey getrunken. »Mir ist das zwar nicht passiert, aber meine Tochter steckt in derselben Situation. Ihr Ex-Freund will einfach nicht ausziehen.«

»Wohnt deine Ex immer noch nebenan?«, fragt Damian.

»Ja, klar«, sagt Johannes. »Die gibt sich nicht geschlagen.«

Der ältere Herr lacht verbittert und nickt zustimmend. Die Dame steht von ihrem Sitzplatz auf und stellt sich zu ihnen. Sie hebt den Zeigefinger. »Genau so ist es. Keiner gibt auf«, sagt sie und lacht ein tiefes, lautes Lachen. »Ich hätte ja schon lange einen neuen Mann kennengelernt und wäre zu ihm gezogen, aber meine Tochter will einfach nicht aufgeben.«

»Wow«, sagt Natascha, »zum Glück habe ich meinen Untermieter direkt hinausgeworfen, als er mich mit meiner Freundin betrogen hat. Sonst hätte ich das Arschloch nicht vor der Tür, sondern in der eigenen Wohnung.«

Die Frau legt Natascha die Hand auf den Arm.

»So ist es gut«, sagt sie, »so muss man es machen. Den Takt vorgeben und handeln, wenn der Mann Blödsinn macht.« Sie lacht wieder ihr tiefes Lachen und drückt auf den Halteknopf. Zum Gruß nickt sie allen zu, lacht noch einmal und steigt aus der Tram aus.

Die Messe ist überfüllt. Es ist Samstag, der vorletzte Tag; die Hallen sind berstend voll. Vor bekannten Galerien geht es minutenlang weder vor noch zurück.

Natascha, Damian und Johannes flüchten nach draußen, aber dort ist es brütend heiß. Nach dem Mittagessen sitzen sie über eine Stunde erschöpft auf den grünen Bänken. Sie entscheiden sich, zurück zum Haus zu gehen, Ventilatoren aufzustellen und sich hinzulegen. Am Abend wollen sie ebenfalls dort bleiben und zusammen kochen.

Die klimatisierte Tram ruckelt gemächlich den Berg hoch auf das Bruderholz. Sie sind froh, dass sie so langsam fährt und sie mehr Zeit haben, um abzukühlen. Als sie aussteigen, laufen sie im Schatten der Bäume bis zum Haus. Die Tür steht offen. Sie hören auf zu sprechen und schauen sich verwundert an. Damians Blick wandert von der Tür in Richtung Garten, zum Gartentor und wieder zurück zum Eingang. Es entsteht eine gespannte Stille. Natascha wirkt wie mitten in der Bewegung eingefroren und starrt in den dunklen Flur hinter der offenen Haustür.

»Salut«, ruft es plötzlich von rechts aus dem Garten. Mit nacktem Oberkörper und in Flipflops kommt ein gut gelaunter Mann auf sie zu, nicht viel älter als Damian. Er lächelt und breitet die Arme aus, als würde er sich freuen, sie zu sehen.

Damian fixiert ihn erst, dann wechselt seine Mimik und er sagt in gleichgültigem Ton: »Hallo, Christian, mit dir habe ich nicht gerechnet.«

»Willst du mich nicht deinen Freunden vorstellen?«, fragt Christian und deutet mit einem erwartungsvollen Blick auf Natascha.

»Vielleicht könntest du Hochdeutsch sprechen«, antwortet Damian.

»Aber sicher.«

»Johannes, das ist mein Bruder Christian«, sagt Damian mit einer Geste, um sie einander vorzustellen.

Christian eilt gespielt geschäftig zu Johannes und begrüßt ihn mit etwas übertriebener Freundlichkeit. Dann wendet er sich wieder Damian zu und zwinkert mit dem Auge in Nataschas Richtung.

»Natascha, Christian – Christian, Natascha«, sagt Damian und versucht, nicht gereizt zu klingen.

Christian eilt jetzt zu ihr und nimmt ihre Hand mit beiden Händen in seine.

»Schöne Frau, freut mich, Ihre Bekanntschaft zu machen.«

Natascha zieht ihre Hand zurück. »Du darfst auch normal mit mir reden«, sagt sie. »Ich bin kein Alien.«

Christian lacht verlegen.

»Aber ich ja vielleicht«, sagt er und lacht etwas lauter.

Natascha lässt sich keine weitere Regung abgewinnen. Sie deutet auf das Haus und sagt: »Ich geh mal rein, okay?«

Ohne die Antwort abzuwarten, betritt sie das Haus. Sie geht durch den Gang und die Treppe hoch zu ihrem Zimmer. Auf dem Boden steht eine fremde Tasche. Sie bleibt stehen und dreht sich um in Richtung Flur. Christian ist ihr gefolgt und sagt: »Du hast dir ausgerechnet mein Kinderzimmer ausgesucht. Ich hoffe, ein bisschen Gesellschaft macht dir nichts aus.«

Natascha antwortet nicht. Sie geht an ihm vorbei, zurück die Treppe runter und durch den Flur in die Küche. Damian steht dort aufgestützt an der Spüle und starrt in das Waschbecken. Als er Natascha hört, dreht er sich um und geht auf sie zu. Er bleibt vor ihr stehen und schaut ihr in die Augen. Es ist ihr anzusehen, dass sie gereizt ist. Aus dem oberen Stockwerk hören sie die Stimmen von Johannes und Christian. Damian geht noch ein Stück näher auf Natascha zu, sodass sie sich berühren.

»Tut mir leid wegen meines Bruders«, sagt er leise.

Sie antwortet nicht.

Mit einer Hand streicht er ihr die langen Haare aus dem Gesicht, dann legt er beide Arme um sie und drückt sie sanft gegen sich. Ohne die Umarmung zu erwidern, lehnt sie den Kopf an seine Brust und lehnt sich mit dem Gewicht ihres Körpers gegen ihn. Nach ein paar Minuten hören sie, wie die anderen die Treppe herunterkommen. Sie lösen sich voneinander und positionieren sich an zwei unterschiedlichen Orten in der Küche. Damian steht an die Spüle gelehnt. Natascha steht bei den Geschirrschränken neben der Terrassentür.

Christian kommt in die Küche. Er schaut erst zu Natascha, dann zu Damian und sagt gut gelaunt: »Was haltet ihr davon, wenn wir heute Abend grillen? Johannes und ich hätten Lust.«

»Gute Idee«, antwortet Damian. »Dann muss aber einer noch einkaufen.«

»Okay«, sagt Christian. Er stellt sich neben Natascha. Johannes ist auch in die Küche gekommen und bleibt in der Tür stehen.

»Ich gehe erst mal duschen«, sagt Damian.

»Ich ruhe mich ein bisschen aus«, sagt Natascha.

»Dann gehen wir?«, fragt Christian an Johannes gerichtet.

»Bin dabei«, antwortet Johannes.

»Bleibst du heute Nacht hier?«, fragt Damian, ohne Christian dabei anzuschauen.

Christian sitzt in einem der Gartenstühle und rührt eine Marinade für das Fleisch an, das sie auf den Grill legen. Er hört auf zu rühren und leckt den Daumen ab, auf dem etwas von der Marinade gelandet ist.

»Eure Künstler-WG gefällt mir«, sagt er. »Johannes und Natascha haben mir erzählt, was sie machen. Hätte ich dir gar nicht zugetraut.«

Damian antwortet nicht. Er fächelt weiter die Glut an und wartet, dass Christian seine Frage beantwortet.

»Ich gehe morgen auf die Messe. Solange ist es mir hoffentlich gestattet, in meinem eigenen Haus zu wohnen«, sagt er.

»Natürlich«, sagt Damian wieder bemüht gleichgültig.

Johannes und Natascha kommen über die Wiese. Sie haben in der Küche das Gemüse und den Salat vorbereitet und bringen die Schüsseln zum Gartentisch.

»Setzt euch doch zu uns«, sagt Christian.

»Ich hole noch eben die Getränke«, sagt Johannes und geht in Richtung des Hauses.

»Zum Glück ist es hier im Garten so schattig«, sagt Natascha. Sie hat in der Zwischenzeit ebenfalls geduscht und einen roten Rock und ein schwarzes Top angezogen.

Ihre langen blonden Haare sind zu einem Dutt aufgewickelt. Damian spürt ihren Blick auf sich ruhen, aber er ist unfähig, zu reagieren. Die Anwesenheit von Christian lähmt ihn.

»Damian ist so steif wie am ersten Tag, seit sein Bruder da ist«, hat Johannes zu Natascha beim Salatwaschen gesagt. Natascha hat nur genickt und mit den Schultern gezuckt, als ob ihr das egal wäre.

Johannes ist mit den Getränken zurückgekommen. Er stellt ein paar Flaschen Bier und zwei Karaffen Wasser auf den Tisch.

»Für dich eine Limo?«, fragt Johannes, um Damian etwas aufzuheitern.

Damians Miene bleibt eisig, während Christian und Natascha über den Witz lachen. Christian klopft seinem Bruder auf die Schulter und kommentiert den Witz nicht. Damian wird schlecht. Er wendet sich wieder dem Grill zu und konzentriert sich darauf, seinen Ärger herunterzuschlucken und die Fassung zu bewahren. Hinter ihm kommt das Gespräch langsam in Gang.

»Ich glaube, ich will nie wieder in die Stadt zurück«, sagt Natascha.

»Ich finde auch, wir sollten hierbleiben«, sagt Johannes. »Ich hätte nicht gedacht, dass ich einmal so Gefallen an einem Garten finden würde. Aber vielleicht hat das etwas mit dem fortschreitenden Alter zu tun.«

»Ich seh dich schon«, sagt Natascha. »Wenn wir zurückkommen, kaufst du dir so einen alten Hof in Brandenburg und wirst Selbstversorger.«

Johannes legt den Kopf schief.

»Wenn das nicht so ein Hipster-Hype wäre, würde ich das vielleicht tatsächlich machen.«

»Was machen die Hipster?«, fragt Christian ungläubig. »Sich einen Hof kaufen?«

»All die gestressten PR-Berater-Hipster kriegen irgendwann einen Knall in ihren schicken Agenturen und kaufen über Nacht einen alten Bauernhof in Brandenburg. Davon gibt es viele, und die kosten nichts. Dann ziehen sie da raus, kriegen Kinder und pflanzen Gemüse an.«

»Ihre Stadtwohnung behalten sie aber meistens.«

»Und einer von beiden behält in der Regel auch seinen Job.«

»Ich kann das verstehen«, sagt Christian. »Zwischen Stadt- und Landleben zu pendeln muss recht luxuriös sein.«

»Mich würde es nerven, wenn meine Sachen auf zwei Orte verteilt wären«, sagt Natascha. »Dann ist immer das, was man gerade braucht, im anderen Haus.«

»Hast du eigentlich einen Garten in Genf?«, fragt Johannes.

»Nein, aber ringsum ist es grün.«

»Und du in Paris?«

Christian beugt sich vor, um eine Mücke von seinem Fuß zu verscheuchen.

»Ich lebe in Versailles, das ist halb Stadt, halb Land, so wie hier. Und man ist sehr schnell in Paris. Aber ehrlich gesagt, bin ich kaum dort. Ich arbeite zu viel.«

»Was für eine Art Doktor wirst du eigentlich?«, fragt Johannes.

»Wahrscheinlich Kardiologe.«

»Das hat so etwas Ehrenwertes«, sagt Johannes und verstellt seine Stimme: »Ich rette Herzen. Und was machst du so?«

»Genau deshalb habe ich mich für die Kardiologie entschieden, damit ich diesen Satz einmal in meinem Leben sagen kann«, antwortet Christian und lacht.

Sie sind fertig mit dem Essen. Auf dem Grill glühen die letzten Kohlen aus und die Stimmung ist sehr gut. Damian staunt immer wieder, wie es seinem Bruder gelingt, in eine völlig neue Rolle zu schlüpfen und sich bei Menschen beliebt zu machen, bei denen er zuvor einen schlechten Eindruck hinterlassen hat. Er ärgert sich insgeheim über die Toleranz der anderen; darüber, dass Johannes ihm direkt noch eine Chance gegeben hat, obwohl Christian sich wie ein Idiot aufgeführt hat.

»Wieso haben eure Eltern euch eigentlich so deutsche Namen gegeben, wenn sie aus Frankreich kommen?«, fragt Natascha.

»Du musst Christian anders aussprechen, mit einem nasalen ›on‹ am Schluss, dann ist es nicht mehr deutsch«, antwortet Christian lachend.

»Und Damian?«, fragt Johannes. »Wie spricht man das auf Französisch aus?«

Christian spricht es vor.

»Wie?«

Christian und Damian wiederholen es im Chor.

»Das ist ein Riesenunterschied«, sagt Natascha. »Ist es für dich nicht komisch, dass wir so gedehnt ›D-a-m-i-a-n‹ sagen?«

Damian schüttelt den Kopf und schmunzelt.

»Ich höre auf alles. Auch auf die englische Variante. Der Name ist aber eher selten in Frankreich.«

»Kennt ihr das Buch ›Demian‹ von Hermann Hesse? Das musste ich in der Schule lesen«, sagt Natascha.

»Ich könnte mich nicht erinnern, falls ich das auch lesen musste«, antwortet Johannes.

»Wie ist dieser Demian denn so?«, fragt Christian.

»Warte«, sagt Natascha und sucht auf ihrem Handy nach einer Beschreibung des Buches. »Also, Demian ist der Freund von Emil Sinclair. Emil gerät immer wieder in Schwierigkeiten und Demian hilft ihm dabei, da raus zu kommen. Er ist reifer und erwachsener und hat das Leben besser verstanden.«

»Oho«, sagt Christian. »Er ist nicht immer so besonnen, wie er wirkt.«

»Ich habe von Demian gesprochen, nicht von Damian«, sagt Natascha.

»So, wie du es aussprichst, klingt es gleich«, antwortet Christian grinsend. Damian verdreht gedanklich die Augen.

Johannes lehnt sich im Stuhl nach hinten.

»Eigentlich witzig, dass wir mit euch zwei Brüdern hier auf dem Bruderholz sitzen«, sagt er.

Um sie herum fängt es langsam an, dunkler zu werden. Damian steht auf, um das schmutzige Geschirr in die

Küche zu bringen. Johannes hilft ihm. Als sie fertig sind, füllen sie die Wasserkaraffen, nehmen eine Flasche Wein aus dem Kühlschrank und gehen zu den anderen beiden hinaus.

Damian stützt sich auf die Lehne seines Stuhls und schaut zu, wie Johannes die Weinflasche entkorkt.

»Ich bin müde und leg mich schlafen«, sagt er. »Gute Nacht.«

»Gute Nacht«, antworten die anderen. Damian geht zurück über die Wiese zum Haus. Mittlerweile ist es dunkel geworden. Er schaltet das Licht an und geht ins Bad. Als er sich später ins Bett legt, versucht er, noch ein paar Seiten zu lesen. Aber er kann sich nicht konzentrieren. Er ist müde und wütend zugleich. Dieser Mix aus Emotionen und Schläfrigkeit zieht ihn in einen unruhigen Schlaf.

27

Es ist Sonntag. Die Luft ist etwas angenehmer als sonst in der Frühe. In der Nacht hat es gestürmt und geregnet. Die Feuchtigkeit in der Luft wird sich noch so lange gut anfühlen, bis sie sich von der Sonne gewärmt in drückende Hitze verwandelt.

Damian ist früh aufgewacht. Um sieben Uhr morgens ist er aufgestanden und in den Garten gegangen. Er hat die letzten Überbleibsel vom Abend beiseitegeräumt und sich mit einem Stuhl auf die Wiese gesetzt.

Nach einer Weile wird Damian vom Geräusch der Kaffeemühle aus seinen Gedanken gerissen. Barfuß und mit einer Tasse Kaffee in der Hand schlendert Johannes einige Minuten später über die Wiese. Er nimmt sich einen Stuhl und setzt sich neben Damian. Sie nicken sich zu und sitzen schweigend nebeneinander. Beide genießen die Stille.

»Willst du auch einen Kaffee?«, fragt Johannes nach einer halben Stunde und hält die Tasse hoch. »Ich hol mir noch einen.«

Damian überlegt.

»Wollen wir frühstücken? Ich hab Hunger.«

»Gute Idee.«

In der Küche packt Damian das Brot aus und schneidet ein paar Scheiben ab. Johannes schraubt die Caffettiera auf und spült sie aus.

»Hast du für deine Bücher eigentlich Testleser?«, fragt Damian.

»Ja, ich gebe meine Gedichte meistens jemandem zu lesen, fast immer«, antwortet Johannes.

»Meinst du, ich sollte Testleser haben?«

»Wenn du Leute kennst, die dafür infrage kämen, würde ich das unbedingt machen.«

Damian überlegt und antwortet nicht.

»Bist du bereit, deine Geschichte in die Welt rauszusetzen?«, fragt Johannes.

»Nein«, antwortet Damian. »Bin ich nicht.«

»Das erste Mal ist grausam.«

»Man könnte das Manuskript auch einfach in die Schublade legen und dort lassen«, sagt Damian.

»Ja, das könnte man«, antwortet Johannes. »Aber dann wird man nie davon leben können.«

»Das ist schlecht. Ich will auf keinen Fall einem normalen Beruf nachgehen müssen«, sagt Damian.

Johannes lacht.

»Das ist auch unangenehm, das kann ich dir sagen.«

»Ich glaube, ich bin der geborene Aristokrat.«

Johannes schaut mit verklärtem Blick aus dem Fenster und seufzt. »Wieso gibt es das heute nicht mehr? Man kann doch nicht von jedem verlangen, sich den harten Zwängen des echten Lebens zu unterwerfen. Es sind einfach nicht alle dafür gemacht.«

»Wahrhaftig nicht«, pflichtet ihm Damian bei. »Vielleicht müssen wir doch unsere eigene Künstlerkommune gründen.«

»Das Haus hier wäre ideal.«

»Wir müssten es wahrscheinlich etwas umbauen, damit Natascha ihren Malbereich hat.«

»Und größere Fenster einbauen, damit mehr Licht hereinkommt.«

»Wir beide hätten im ersten Stock jeder ein Schreibzimmer, und Natascha könnte unten malen.«

»Wann legen wir los?«, fragt Johannes.

»Ach«, Damian winkt ab. »Dafür muss ich erst die Kindheitserinnerungen abschütteln, die ich mit dem Haus verbinde.«

»Wir könnten es komplett umbauen und bunt anstreichen. Dann sieht es nicht mehr nach dem Haus aus, das du kennst. In den Garten bauen wir einen kleinen Malpavillon.«

»Schön wärs. Aber erst mal müssten wir Christian seinen Teil abkaufen.«

»Okay, wir warten noch ein paar Jahre.«

Damian lacht.

»Ja. Bis dahin können wir hier zweimal im Jahr Kunstwochen zu dritt veranstalten.«

»Am besten ein paar Monate vor Abgabe.«

»Weißt du schon, wann du wieder etwas veröffentlichst?«

Johannes nickt gedankenverloren.

»Im September. Eine Mischung aus Erzählung und Gedichten.«

»Ist es schon fertig?«

»Ja, schon lange. Meine Lektorin beugt sich seit Monaten darüber, vielleicht ist sie auch schon fertig. Ich weiß es nicht. Wenn ich etwas geschrieben habe, will ich damit nichts mehr zu tun haben. Ich gebe es ab und lasse die anderen damit machen, was sie wollen.«

»Das ist der Idealzustand«, sagt Damian. »Davon bin ich noch weit entfernt.«

»Was kommt bei dir als Nächstes?«

Damian steht auf und stellt seine Tasse in die Spülmaschine.

»Also erst mal muss ich mit dem Schreiben fertig werden, dann kommt der Teil mit dem Überwinden. Und wenn ich so weit bin, geht die Suche nach Agentur, Verlag oder sonst einem Publikationsweg los.«

Johannes überlegt.

»Was sehr helfen kann beim Überwinden, ist ein Pseudonym«, sagt er.

»Schon. Aber mir ist das egal. Ich habe niemanden, dem ich damit schaden könnte. Meine Eltern sind tot, ich habe keine Freundin, und was ich mit meinem Leben oder meinem Namen mache, interessiert niemanden.«

Johannes schluckt kurz.

»Krasse Worte.«

Damian schmunzelt.

»Das mag hart klingen. Aber heute Morgen habe ich festgestellt, dass das sehr befreiend ist.«

Johannes nickt langsam.

»Du könntest dir mit der Verwendung deines Namens höchstens selber schaden.«

Bevor Damian antworten kann, hören sie Stimmen im Flur. Natascha und Christian kommen durch die Tür. Natascha hat ihre Schlafshorts und ein großes T-Shirt an, Christian trägt nur Boxershorts.

»Guten Morgen«, sagt Natascha verschlafen und geht zum Gläserschrank.

Christian bleibt in der Tür stehen.

»Wir sind gerade erst aufgewacht«, sagt Christian mit einem entschuldigenden Blick wegen der fehlenden Kleidung.

»Schlafen ist gesund«, sagt Johannes.

»Auf jeden Fall«, antwortet Christian. »Aber heute wäre ich wahrscheinlich gar nicht aufgewacht, wenn Natascha mich nicht gekickt hätte mit ihrem Knie.«

In der Küche tritt eine peinliche Stille ein. Damian hebt den Blick nicht von seinen Händen, die vor ihm auf dem Tisch liegen. Natascha füllt ihr Glas mit Leitungswasser und fragt in die Runde: »Was ist der Plan für heute?«

Keiner hat eine Antwort parat.

»Ähm«, sagt Johannes, »das müssen wir uns noch überlegen. Entweder chillen oder noch mal was unternehmen.«

»Okay, ich mach mich mal fertig«, sagt Natascha.

Als sie die Küche verlassen hat, tritt wieder eine unangenehme Stille ein.

»Schon wieder geiles Wetter«, sagt Christian gut gelaunt und tritt an die Terrassentür.

Seine übermotivierte Art geht inzwischen auch Johannes etwas auf die Nerven. Die permanente gute Laune wirkt angestrengt und ermüdet auf Dauer.

»Was ist los?«, fragt Christian. »Habt ihr schlechte Laune?«

»Uns geht es gut«, antwortet Johannes stellvertretend.

»Ach stimmt ja, mein Bruder war schon immer eine schwache, introvertierte Seele.« Christian schaut von einem zum anderen. »Wisst ihr was? Ich verlass euch heute.«

»Wohin gehts?«, fragt Johannes.

»Nach Paris. Dort wartet eine wunderschöne Frau auf mich. Emilia. Du kennst sie, oder?«, fragt Christian an Damian gerichtet. Er summt den Namen ein paar Mal vor sich her.

»Wieso bist du überhaupt hergekommen?«, antwortet Damian.

Christian breitet die Arme aus und sagt: »Komm schon, du hast mir gefehlt.«

»Du hast nicht gewusst, dass ich hier bin.«

»Stimmt«, sagt Christian und grinst. »Das war Zufall. Eigentlich wollte ich schauen, ob mit dem Haus alles in Ordnung ist. Der Gärtner hat mich angerufen und gesagt, dass das Garagentor kaputt ist. Aber darum kannst du dich jetzt ja kümmern.«

Damian antwortet nicht.

»Du könntest mir sagen, wenn du herkommst, dann hätte ich mir den weiten Weg sparen können.«

»Sag du doch dem Gärtner, dass er mich informieren soll, wenn etwas ist«, entgegnet Damian gereizt.

»Ist ja gut«, sagt Christian. »Aber du wolltest seit Jahren nicht mehr herkommen. Ich gebe die Aufgaben rund um das Haus nur zu gerne ab.«

»Ach ja?«, antwortet Damian.

»Ich verbringe meine Zeit lieber mit Emilia als mit lästigen Pflichten.«

»Ich dachte, sie wollte dich nicht«, platzt es aus Damian heraus.

»Ich habe sie vom Gegenteil überzeugt. Zum Glück habe *ich* all die Verführerqualitäten von unserer Mutter geerbt.«

Damian bewegt seinen Kopf mit einem Nicken, das keine Zustimmung ausdrückt.

»Wann gehst du?«

»Ich nehme den TGV am Mittag«, antwortet Christian. Dann schaut er reflexartig auf die Uhr. »Oh, dann muss ich mich langsam vorbereiten. Ich komme mich nachher verabschieden.«

Als Christian die Küche verlassen hat, murmelt Damian leise: »Halleluja.«

Johannes schmunzelt und setzt sich zu ihm an den Tisch. Er flüstert:

»Wenn du ihm mit der Verwendung eures Familiennamens schaden könntest, solltest du unbedingt auf ein Pseudonym verzichten.«

Damian lacht leise. Dann steht er auf und schiebt den Stuhl sanft an den Tisch.

»Ich zieh mich zurück, bis der Vogel abgereist ist. Wenn etwas ist, bin ich per Videochat erreichbar.«

»Oh ja. Ich auch.«

28

Damian liegt auf dem Bett. Sein Laptop steht neben ihm und blinkt. Die Closerie versucht, ihn zu erreichen. Er zögert. Dann streckt er eine Hand aus und nimmt den Anruf an.

»Ich wusste gar nicht, dass die Closerie telefonieren kann«, sagt er, als er Johannes auf dem Bildschirm sieht. Er sitzt im Zimmer im ersten Stock am Schreibtisch.

»Ja, eigentlich ist sie so konzipiert, dass es ein virtueller Raum ist, in den man sich einloggt, aber man kann auch jemanden hinzufügen durch anrufen. Haben wir bisher einfach nie gemacht.«

»Coole Sache.«

»Was ist das hier eigentlich für ein Zimmer?«, fragt Johannes. »Es ist so eingerichtet, als würde hier drin jemand leben.«

»Das war mein Zimmer früher.«

»Dann hast du aber edel gehaust in deiner Jugend.«

»Keine Ahnung«, antwortet Damian. »Wie sah denn das Zimmer bei deinen Eltern aus, in dem du aufgewachsen bist?«

»Schlichter. Platte. Eher quadratisch. Deins hat eine höhere Decke als normal und du hattest einen eigenen Balkon. Wow. Es ist wie ein kleines Prinzenzimmer.«

»Hallo«, sagt Damian gespielt entrüstet, »was unterstellst du mir da?«

»Wann warst du das letzte Mal hier oben?«, fragt Johannes.

»Vor zwei Jahren vielleicht.«

»Magst du es nicht?«

»Ich schlafe lieber hier unten. Das war früher das Gästezimmer. Es ist weniger aufgeladen mit Geschichte.«

»Was du überall spürst«, sagt Johannes kopfschüttelnd. »Ich merke nichts.«

»Es ist wie, wenn man einen schlimmen Albtraum hatte. Wenn man am nächsten Abend wieder an dieselbe Stelle im Bett zurückkehrt, spürt man die Beengung und Bedrohung aus der Nacht davor.«

Johannes schüttelt wieder den Kopf.

»So etwas fühle ich nicht. Ich habe zum Glück auch nie Albträume.«

Jetzt blinkt der Bildschirm kurz auf, und Nataschas Videobild erscheint. Sie sitzt auf dem Balkon, der zur Hausrückseite hinausgeht.

»Hallo Jungs«, sagt sie.

»Hi«, antwortet Johannes.

»Was steht an?«, fragt sie.

»Wir reden über Albträume.«

Natascha macht eine Geste, als würde ihr ein Schauer den Rücken hinunterlaufen. »In meiner Kindheit hatte ich immer denselben Albtraum. Immer und immer wieder. Er hat sich mir eingebrannt und mich verfolgt. Heute habe ich zwar immer noch Albträume, aber schlimmer sind die düsteren Gestalten, die ich nachts in meinem Zimmer stehen sehe, wenn ich wach liege.«

»Das mit diesen dunklen Gestalten ist wirklich verstörend«, sagt Johannes.

Sie nickt und versucht, auf dem Bildschirm zu erkennen, wohin Damian blickt. Er liegt auf dem Bett und schaut teilnahmslos auf den Bildschirm.

»Wisst ihr, worauf ich mich am meisten freue, wenn wir morgen nach Hause fahren?«

»Berliner Döner?«

»Auf meine Malsachen. Ich habe etliche Ideen für Bilder.« Sie steht auf und geht in das Zimmer, in dem sie wohnt. »Hier«, sagt sie, als sie zurückkommt, und hält ein Notizbuch in die Kamera, »das habe ich zweckentfremdet für meine Skizzen. Ich Esel habe vergessen, meine Zeichensachen mitzunehmen. Bist du deshalb böse Damian?«

Er nimmt die Hand, die unter seinem Gesicht liegt, hervor, winkt ab und legt sie wieder an ihren Platz zurück.

»Das ist von Christian. Das ist mir egal.«

»Oh«, sagt Natascha. »Gut. Es ist auf jeden Fall bald voll.«

Sie setzt sich wieder in den Stuhl. »Wie kommt ihr eigentlich voran mit Schreiben? Seit wir hier sind, haben wir gar nicht mehr über unsere Arbeit geredet.«

»Hm«, grummelt Johannes, »ich habe in den letzten Tagen ein einziges Gedicht geschrieben.«

»Dürfen wir es hören?«

»Ich könnte es euch schicken«, sagt Johannes zögerlich. »Obwohl mir der anonyme Leser fast lieber ist. Ist irgendwie besser, wenn ich nicht weiß, wer mein Gedicht liest.«

»Wir setzen unser bestes Pokerface auf«, verspricht Natascha.

»Nee, wenn ich das schon mache, will ich auch eine ehrliche Meinung hören.«

»Auch gut«, antwortet sie.

»Damian?«, fragt Johannes.

»Ist gut«, antwortet er.

Johannes seufzt. »Also gut.«

Er steht auf und holt ein Notizbüchlein hervor. Er fotografiert die Seite und schickt das Bild im Chat.

»Moment«, sagt Johannes plötzlich, »bevor ihr das lest, was machen wir hier eigentlich? Hätten Hemingway und die anderen das auch gemacht?«

»Ist doch egal, was Hemingway gemacht hat«, sagt Damian. »Das hier ist unsere Closerie.«

»Ich habe noch mehr gelesen zu diesen Künstlern damals«, sagt Natascha. »Ich glaube, die haben sich vor allem gegenseitig in ihren Ateliers besucht und sich dann wahrscheinlich auch ihre Arbeiten gegenseitig gezeigt. Die Schriftsteller haben auch viel in Buchhandlungen rumgehangen, wieso macht das heute eigentlich niemand mehr? In der Closerie haben sie sich in erster Linie zum gemeinsamen Trinken getroffen. Zumindest ist das mein Eindruck.«

»Hemingway hat dort auch immer wieder gearbeitet und dann kam jemand vorbei, mit dem er über Belanglosigkeiten oder die Kellner geredet hat«, fügt Damian hinzu. »Jemandem ein ganzes Buch so nebenbei zu zeigen ist ja nicht möglich und auch nicht sinnvoll, solange es nicht fertig ist. Aber ein Bild oder ein Gedicht ist ja eine abgeschlossene Sache, die kann man ruhig mal herzeigen.«

»Ist ja gut, ist ja gut«, sagt Johannes. »Dann lest es eben. Aber ich weiß gar nicht, ob es schon fertig ist. Es ist nur so dahin geschrieben.«

»Könntest du bitte aufhören, dich vorher zu entschuldigen?«, sagt Natascha. »Das Thema hatten wir in dieser Runde schon mal, glaube ich.«

Johannes hebt resigniert die Schultern und lässt sie wieder fallen.

»Na gut. Ich sag jetzt nichts mehr.«

Du zu mir.
Ich zu dir.
Bleib stehen.
Frag mich.
Ich sag dir.
Die Sonne scheint.
Regen weint.
Auf und unter.
Jetzt sind wir hier.
Tanz mit mir.

»Hat das Gedicht keinen Titel?«, fragt Natascha.

»Du könntest es ›Slowakische Liebe‹ nennen«, sagt Damian.

»Oder ›Die Slowenin‹«, schlägt Natascha vor.

»Wie kommt ihr denn auf die Idee?«, fragt Johannes.

»Ach, ich weiß nicht«, sagt Natascha und schmunzelt unauffällig.

»Ich habe es nicht wegen ihr geschrieben.«

»Was auch immer die Quelle deiner Inspiration war«, sagt Damian, »mir gefällts.«

29

Am Bahnhof wimmeln unzählige Menschen in der Hitze. Die Art Basel ist gestern zu Ende gegangen und die erste Welle ist abgereist. Heute folgt die zweite. Die »Artgänger« sind nach wie vor deutlich erkennbar in der Masse. Jedes Jahr bevölkert diese globale Subkultur die Stadt. Ich bahne mir meinen Weg durch die sonnenbebrillten, schwitzenden Menschen, die sich mit Stadtplänen Luft zufächeln und gut gelaunt in ihrer Landessprache Witze reißen. Während ich die Rolltreppe hochlaufe, höre ich Spanisch, Englisch, Französisch und Chinesisch. Oben angekommen, ist das Menschenmeer in der Passerelle, die zu den Gleisen führt, noch dichter gedrängt. Ich halte reflexartig die Luft an und gehe schnell zum Gleis. Ich nehme die Treppe nach unten, um den Menschen auszuweichen. Erst als ich auf dem Bahnsteig ankomme, atme ich wieder normal weiter. Hier unten ist es kühler, ein angenehmer Luftzug weht über die Gleise. Dann fährt mein Zug ein. In weniger als drei Stunden werde ich in Genf sein.

Ich lasse mich auf einen Einzelplatz sinken. Endlich Ruhe. Natascha müsste inzwischen zu Hause sein, sie hat den Flieger am Morgen genommen. Johannes ist wahrscheinlich noch unterwegs. Acht Stunden dauert es mit dem Zug von Basel nach Berlin. Jetzt ist es vier Uhr. Nachdem die beiden abgereist sind am Morgen, habe ich das ganze Haus geputzt, die Wäsche gewaschen und die Küche aufgeräumt. Zum ersten Mal seit Langem hat es sich wieder gut angefühlt, in dem Haus zu sein. Das Putzen war richtig heilsam, wie wenn man eine geliebte Sandburg wieder aufbaut, die zuvor von den Wellen geflutet wurde.

Ich erschrecke, als der Zug sich in Bewegung setzt. Das ganze Abteil ist leer, nach Genf fahren die wenigsten. Wer kann, fährt mit dem Zug nach Hause oder nimmt den Flieger vom Basler Flughafen. Viele Besucher aus Asien, Amerika und Afrika müssen nach Zürich, um zurückzu-fliegen. Ich fühle mich schlecht wegen Natascha. Meine Wut tut mir leid. Aber sie kann sich nicht einfach überall Liebe holen. Wir haben uns heute Morgen nicht richtig voneinander verabschiedet. Ich atme tief durch, die Luft im klimatisierten Waggon ist gut. In der linken Hand halte ich, seitdem ich mich auf dem Bruderholz auf den Weg gemacht habe, einen mehrseitigen Ausdruck, zusammengerollt und mit einem Stück Tesafilm befestigt, damit sich das Papier nicht verselbstständigt. Johannes hat ihn mir beim Abschied in die Hand gedrückt. Seine umgeschriebene Lebensgeschichte. Ich lege sie vor mich auf das kleine Tischchen und stelle eine Wasserflasche daneben. Der Schaffner kommt. Er ist gut gelaunt, wahr-scheinlich weil so wenig los ist. Er spricht Französisch und erzählt mir, dass fast der ganze Zug so leer ist wie mein Abteil.

»Zum Glück fahren sie alle nach Zürich«, sagt er zwinkernd.

»Wir haben unsere Ruhe«, antworte ich und versuche, ihm keinen neuen Gesprächsstoff zu geben, damit ich wieder meinen Gedanken nachhängen kann.

Er verabschiedet sich und wünscht mir eine gute Reise. Ich lächle und wünsche ihm das Gleiche. Dann rolle ich den Text von Johannes auseinander und beginne mit seiner Geschichte. Ich habe noch nicht einen Satz gelesen, als die Durchsage kommt, dass wir in Biel ankommen. Ich muss umsteigen. Verdammt, es ist schon eine Stunde vergangen. Ich habe mich gerade auf Normaltemperatur abgekühlt, dann muss ich schon wieder in einen stickigen Bahnhof.

Es ist fünf Uhr und in Biel herrscht der ganz normale Pendlerverkehr. Es ist laut, überall Schüler und gehetzte Büroangestellte. Der Zug nach Genf ist rappelvoll und die Luft ist stickig. Wahrscheinlich ist die Klimaanlage ausgefallen. Ich steige kurzerhand wieder aus und gehe durch den Bahnhof. Ich nehme den Hinterausgang und laufe bis zum See. Ich laufe solange, bis ich einen Platz gefunden habe, wo ich halbwegs ungestört sitzen kann. Endlich wieder Ruhe. Ich esse den Sandwich, den ich unterwegs gekauft habe, und schüttele den Kopf. In überfüllten Zugabteilen wird mir immer schlecht. Das kann ich mir heute nicht antun. Die Gerüche und Geräusche würden mich wegtragen von mir selbst und ich würde verschwitzt und verwirrt in Genf ankommen.

Irgendwie zieht es mich gar nicht zurück in diese Stadt. Ich denke nur an die schönen Fassaden der Häuser, an das Seeufer. Aber es löst kein Gefühl in mir aus. Als ich letzten Mittwoch in Basel angekommen bin, war das ganz anders. Ein Cocktail aus Emotionen. Je näher ich Basel kam, desto besser ließen sich die positiven herausschmecken. Vielleicht war das auch mit der Angst und der Vorfreude verknüpft, Natascha und Johannes zu treffen, die ich bis dahin nur auf dem Bildschirm gesehen hatte. Das einzige Gefühl, das ich im Moment im Zusammenhang mit Genf spüre, ist Langeweile. Wie habe ich es in den letzten Jahren dort ausgehalten? Abgesehen von den gelegentlichen Ausflügen in die gehobene Genfer Parallelwelt ist nie irgendetwas passiert.

Zwei Stunden später mache ich mich wieder auf den Weg Richtung Bahnhof. Es ist fast 19 Uhr. Die Sonne steht tiefer, die Menschen bewegen sich gemütlicher. Ich gehe langsam auf den Hintereingang des Bahnhofs zu. Während die Menschen in Flipflops vorbeiwatscheln, ergreift mich plötzlich das Gefühl einer Erinnerung. Die Stimmung im Urlaub auf Malta, wenn wir am Abend auf dem Heimweg vom Strand noch kurz etwas einkaufen gegangen sind. Ich surfe in diese Erinnerung. Und wieder zurück zu mir in Biel. Dann bin ich plötzlich in Christians Kinderzimmer; wir sind noch recht klein und er hat eine Verletzung am Kopf. Wir spielen mit Bauklötzen. Ich sitze in der Mitte auf dem Teppich und baue einen Turm. Christian steht vor der Wand und wirft aus kurzem Abstand Klötze dagegen. Auf einmal ist er ruhig, dann fängt er laut an zu schreien. Ich starre ihn an und weiß nicht, was ich machen soll. Jetzt muss ich schmun-

zeln bei dieser Erinnerung. Es war nur eine kleine Platz-
wunde und musste nicht mal genäht werden. Aber das
Drama hat sich mir eingeprägt. Ich habe die Tür vom
Bahnhof fast erreicht und juble innerlich. Das Vor- und
Rückwärtsgleiten zwischen Erinnerungen, Situationen
und Orten fühlt sich eigenartig neu an. Ich bin ein Zeit-
reisender, kann an jeden beliebigen Ort in meiner Vergangenheit reisen. Es fühlt sich an, als wäre ich aus einer
jahrelangen Starre aufgewacht. Meine Emotionen sind
beweglich. Ich bin beweglich.

Auf dem Gleis wartet der Zug. Ich steige ein, das
Abteil ist kühl. Fast zu kühl. Es sind jetzt deutlich weniger
Passagiere als noch vor zwei Stunden. Ich setze mich auf
einen freien Zweiersitz und warte, bis der Zug abfährt.
Dann nehme ich die Geschichte von Johannes wieder
heraus und beginne zu lesen.

Mit jeder Minute wird die Landschaft um mich herum
vertrauter. Der See. Die Weinberge. Wir fahren langsam
durch die Kulisse, deren Perfektheit fast schmerzt. Ich
versuche nicht mehr, diesen Schmerz zu unterdrücken.
Auch wenn er dumm ist. Auf meinen Knien liegt Johannes' Geschichte – mit dem Gesicht nach unten, damit
niemand sie anstarrt. Johannes' Geschichte ist der Beweis
dafür, dass er nicht schreiben kann. Schon seine Gedichte
kamen mir so merkwürdig pathetisch vor, aber mit
diesem Text schießt er den Vogel ab. Ich wette, Johannes
ist der Normalste von uns dreien. Er hat einen Notizzettel
mit einer Nachricht an mich an das Ende seiner
Geschichte geklebt:

»Habe gestern das hier gefunden:
Mice: ›What is the best early training for a writer?‹
Hemingway: ›An unhappy childhood.‹
Danke für die Zeit in Basel und viel Erfolg beim
Schreiben. Johannes«

Der Zug fährt in den Genfer Bahnhof ein. Ich nehme
meine Tasche und lege Johannes' Geschichte hinein.
Dann gehe ich zum Ausgang. Vor mir steht eine Frau mit
einem riesigen Koffer. Sie schaut sich bereits um nach
Männern, und ihr Blick bleibt an mir hängen. Ich lächle
sie freundlich an und gehe an ihr vorbei zum nächsten
Ausgang. Ich habe keine Lust, mir den Rücken zu bre-
chen für eine wildfremde Frau, die mit zu viel Gepäck
unterwegs ist.

Am nächsten Ausgang ist es leer. Ich steige aus und
gehe, ohne mich umzudrehen, den Bahnsteig entlang und
die Treppe herunter. Ich durchquere den Bahnhof und
trete auf den Vorplatz. Die Luft ist wärmer als im klimatisierten Zug, und es wird langsam dunkler. Mich durchströmt wieder die Erinnerung an laue Sommerabende auf
Malta. Dann setze ich mich in Bewegung; ohne darüber
nachzudenken laufe ich in Richtung See. Überall sind
Menschen unterwegs, mit einer Wasserflasche in der
Hand oder einem Becher mit Alkohol. In Kleidern und
Sandalen, zu zweit, zu dritt. Sie unterhalten sich, lachen
und schlendern zu einem Dinner oder zu einer Party. Ich
schmunzele. »Es ist Montag, soll mir mal einer sagen,
dass irgendjemand morgen arbeitet.«

Ich löse mich von der Seepromenade und gehe langsam die Straße entlang, die aus Genf heraus in das Dorf führt, in dem ich lebe. Ich fühle mich wie ein fremder Heimkehrer. Wie jemand, der lange nicht mehr hier war. Die Gesichter sind mir fremd, aber die Stadt ist mir wohlvertraut. Während ich all die Touristen anschaue, weiß ich, dass ich diese Stadt ein Stück besitze in meinem Herzen. Mitsamt ihrer schmerzhaften Perfektheit in der sommerlichen Hitze.

Ich komme an einem Hotel vorbei, das früher einmal »Palace« im Namen hatte. Als ich klein war, sind wir einmal hier gewesen. Immer wenn ich ein Hotel sehe, das »Palace« heißt, denke ich mir, dass es wie ein ewig gleicher Nuttenname klingt. Wie in manchen Regionen alle Nutten Elena heißen oder in anderen Lisa.

Während ich das Quartier Pâquis langsam hinter mir lasse, beschließe ich, den ganzen Weg nach Hause zu laufen.

30

»Tam, tam, tam, tam«, ruft Natascha in den Laptop.
»Wer da?«

Das Videobild von Damian poppt auf dem Bildschirm
auf.

»Natascha«, ruft er freudig.

Sie lächelt in die Kamera, ohne ein Wort zu sagen.
Damian betrachtet sie liebevoll. Ihr glattes, blondes Haar
trägt sie heute offen.

»Du bist so schön«, sagt er.

»Huch«, sagt sie und errötet leicht, »das kam
unerwartet.« Sie nimmt verlegen einen Schluck aus einer
großen Tasse. »Danke.«

»Wie geht es dir?«, fragt er.

»Fantastisch«, sagt sie. »Wieso ist so viel Zeit vergangen seit Basel?«

»Ich weiß nicht. Irgendwie waren nie zwei Personen
zur gleichen Zeit hier. Schön, endlich mal jemanden
anzutreffen.«

Natascha nickt und versucht, sich ihre Freude nicht
allzu sehr anmerken zu lassen.

»Hast du die Location gewechselt?«

In dem Moment geht hinter Natascha die Tür auf und
Johannes kommt herein.

»Buongiorno«, ruft Damian überrascht.

Johannes wirkt ebenfalls verdutzt.

»Damian, du verloren geglaubter Sohn«, sagt er ironisch und setzt sich neben Natascha auf einen Stuhl. »Wo bist du denn?«

»In Paris«, antwortet Damian.

Weder Natascha noch Johannes trauen sich, eine Bemerkung zu machen, die das Wort »Bruder« oder »Christian« enthält.

»Zu Besuch?«, ringt sich Natascha schließlich doch ab.

»Ähm«, sagt Damian und blickt hinter sich in die leere Wohnung. »Ich wohne jetzt hier. Hab halt noch keine Möbel.«

»Wie? Du bist einfach weg aus Genf?«, fragt Johannes überrascht.

»Jep«, antwortet Damian trocken.

»Und jetzt?«, fragt Natascha neugierig. »Hast du eine Arbeit gefunden?«

»Um Himmels willen«, antwortet Damian. »Nein, aber Paris ist auch ein guter Ort, um Bücher zu schreiben.«

»Bestimmt«, sagt Johannes.

»Zeig mal deine Wohnung.«

Damian steht auf und nimmt den Laptop mit.

»Es ist eigentlich einfach eine leere Wohnung.«

»Zeig trotzdem«, sagt Natascha.

»Also, das hier ist die Haustür, ich stehe jetzt so, als wenn man in die Wohnung reinkommt. Hier ist ein Stück Flur, rechts die Küche und geradeaus kommt man in das einzige Zimmer der Wohnung. Da ist meine Matratze. Und daneben steht eine Epileptiker-Lampe. Wenn man sie anmacht, blinkt und flirrt sie immer einen Moment anfallsartig. Ich brauche unbedingt eine neue.«

»Das Bad gehört auch zu Wohnungsführungen«, sagt Johannes und knufft Natascha in den Oberarm.

Damian durchquert den Wohnraum und öffnet eine Tür. Dahinter liegt ein kleines Bad. Das Waschbecken, die Toilette und die Badewanne sind aus Marmor, der Boden aus Holz.

»Klein, aber dekadent«, sagt Natascha. »Wie hast du denn so schnell so eine Wohnung gefunden?«

»Hab ich euch von Léo erzählt?«, fragt Damian.

Natascha und Johannes schütteln den Kopf.

»Léo ist mein Onkel. Er wohnt hier in Paris. Meine Eltern kommen ja auch von hier. Wir hatten schon immer eine sehr gute Beziehung zueinander, und als ich aus Basel zurückgekommen bin, haben wir telefoniert. Er hat mich für ein paar Tage nach Paris eingeladen und mir eine Wohnung angeboten, die gerade frei stand. Ich bin am nächsten Morgen hierhergefahren und aus ein paar Tagen wurde plötzlich eine Woche.«

»Ist dein Onkel Immobilienmakler?«, fragt Johannes.

»Nein, das nicht«, antwortet Damian, »er ist Arzt. Aber ein sehr netter. Die Wohnung gehört ihm, aber sie ist normalerweise vermietet. Er hat mir auf jeden Fall vorgeschlagen, dass ich probehalber für ein paar Monate herkommen könnte, und ich habe spontan Ja gesagt. Seit das Studium vorbei ist, ist mir in Genf sowieso relativ langweilig geworden. Und ich habe mich direkt in diese Woh-

nung verliebt. Das war auch ein Grund für den Umzug.«
Die Wohnung hat große Fenster und bodenlange Vor-
hänge aus seidenartigem Stoff. Der Boden ist mit feinem
Parkett ausgelegt. Sie ist ganz anders als seine Wohnung in
Genf. Zentrumsnah und im vierten Stock eines klassi-
schen Pariser Wohnhauses. Plötzlich ist er mittendrin und
nicht mehr in der Idylle am Rande.

»Und, wie kommst du mit dem Schreiben voran in
Paris?«, fragt Johannes.

»Ich bin fertig mit dem ersten Entwurf. Jetzt schließe
ich mich für die Überarbeitung hier in den nächsten
Wochen ein.«

Natascha und Johannes müssen genau zuhören, um
ihn zu verstehen, weil es hallt in seiner Wohnung.

»Aber geh auch mal raus«, sagt Natascha. »Sonst
siehst du ganz vergeistigt und blass aus. Wie Hans Gie-
benrath bei Hermann Hesse.«

»Musstest du das auch in der Schule lesen?«

»Ja, unser Deutschlehrer war Hesse-Fan.«

»Wie geht es euch?«, fragt Damian.

»Ich habe good news«, sagt Natascha. »Mein erstes
Bild wurde verkauft.«

»Glückwunsch«, sagt Damian freudig. »Du bist
irgendwie wahnsinnig schnell mit deiner neuen Kar-
riere.«

»Ich kann einfach schneller produzieren als du. Für
ein Buch brauchst du mindestens ein paar Monate. Ich
habe ein Bild in ein paar Tagen fertig. Und wenn eines
verkauft ist, dann mal ich einfach das nächste.«

»Stimmt, dafür kann ich ein Buch beliebig oft verkaufen, du deine Bilder nur ein Mal.«

»Allerdings«, antwortet sie, »ich muss jedes Mal neu anfangen.«

»Gibt es bei dir irgendwelche Neuigkeiten, Johannes?«

»Bei mir ist noch alles wie gehabt. Nächsten Monat kommt mein neuer Gedichtband raus.«

»Und hast du wieder mal was Neues geschrieben?«

»Nein, im Moment reizt mich das nicht so. Das Leben lenkt mich im Moment zu sehr ab vom Gedichteschreiben.«

»Was machst du denn so?«

»Lauter Sachen, die ich schon lange nicht mehr gemacht habe«, antwortet er. »Draußen unterwegs sein, bei schlechtem Wetter ins Kino gehen, mir Sachen überlegen, was weiß ich.«

»Wir wohnen übrigens nicht mal fünf Minuten voneinander entfernt«, sagt Natascha. »Seitdem wir das wissen, hängt dieser Taugenichts ziemlich oft hier rum. Ich habe ihn im Gegenzug als Privatkoch engagiert.«

»Sie wird langsam ein bisschen exzentrisch«, sagt Johannes.

31

Als Damian sich ein paar Wochen später wieder in die Closerie einloggt, sitzen Johannes und Natascha im Schneidersitz auf dem Bett. Johannes setzt Natascha in diesem Moment ein gebasteltes Krönchen auf.

Damian kratzt sich am Kopf und räuspert sich. Johannes und Natascha erschrecken leicht.

»Was macht ihr da genau?«, fragt Damian.

Natascha gluckst. Sie zeigt auf ihre Krone und lacht.

»Sie hat eine Auszeichnung gewonnen«, sagt Johannes stolz.

»Nach so kurzer Zeit schon?«, fragt Damian überrascht.

»Nicht als Malerin«, sagt Natascha und schüttelt den Kopf. »Für mein olles Business, erinnerst du dich?«

Damian lacht. »Stimmt, da war ja was, Gratulation.«

»Danke«, sagt Natascha und schüttelt ungläubig den Kopf.

»Ich bin stolz auf dich«, sagt Johannes und streicht mit seinem Arm liebevoll über ihren Rücken.

»Es ist so komisch, euch hier immer zusammen zu sehen«, sagt Damian. »Was machst du die ganze Zeit, wenn Natascha malt? Du kannst ja nicht den ganzen Tag kochen.«

»Manchmal mache ich mir ein paar Notizen für neue Gedichte.«

Natascha schüttelt den Kopf.

»Ich sehe dich nie mit einem Stift in der Hand.«

»Mein neuer Gedichtband ist gerade herausgekommen. Ich werde ja wohl auch mal ein bisschen chillen dürfen«, verteidigt sich Johannes.

»So ein Leben hätte ich auch gerne«, seufzt Damian. »Dass du davon leben kannst, ist wirklich beneidenswert.«

»Ich verdiene nicht sehr viel, aber es reicht, wenn man keine hohen Ansprüche hat, und ich habe nebenbei auch noch ein paar IT-Projekte«, sagt Johannes und lässt sich nach hinten auf das Bett fallen. »Meine Gedichte werden von Teenagern auf Instagram gerade herumgepostet. Das ist sehr verkaufsfördernd.«

»Wie hast du das geschafft?«

»Ich weiß es nicht. Irgendwer hat es entdeckt und jetzt posten sie alle Auszüge oder Rezensionen zu dem Band.«

»Ich bin wirklich ein wenig eifersüchtig auf euch«, sagt Damian. »Du hast mit deinen Gedichten eine Leserschaft gefunden und bist hip bei den Jungen, und Natascha hat ihr erstes Bild verkauft und einen Preis gewonnen für ihr längst vergessenes Unternehmertum. Wann passiert bei mir mal etwas Gutes?«

Natascha schmunzelt.

»Der Preis kam wirklich unerwartet.«

»Wofür genau ist der eigentlich?«

»Für ...«

Natascha beugt sich vor und studiert den Bildschirm.

»Ist da gerade jemand bei dir hinten durch die Wohnung gelaufen? Ich schwöre, ich habe etwas gesehen, einen Arm mit einem dunklen Pullover.«

Damian schweigt grinsend. Dann sagt er: »Das ist kein Arm, der durch meine Wohnung gelaufen ist. Das ist meine Freundin.«

Er lehnt sich zurück im Stuhl und dreht den Kopf in die Richtung, in die sie gelaufen ist. Er sagt erst etwas auf Französisch, dann auf Italienisch, das Johannes und Natascha nicht verstehen. Kurz darauf kommt eine bildhübsche junge Frau ins Bild. Sie lächelt und begrüßt die beiden auf Englisch.

»Hi«, sagt sie und setzt sich auf den Schoß von Damian. »Ihr seid Damians virtuelle Freunde, oder?«

»Na ja, wir sind uns auch schon begegnet und mochten uns eigentlich ganz gerne«, sagt Johannes.

»Wirklich?«, fragt sie und dreht sich zu Damian. »Du hast mir gar nicht erzählt, dass ihr euch live getroffen habt.«

»Das war, bevor ich nach Paris gekommen bin«, antwortet er.

»Ich würde auf jeden Fall gerne mal ein paar Bilder von dir sehen, Natascha. Die Gedichte von Johannes versteh ich leider nicht, aber vielleicht kann mir Damian eins übersetzen.«

Dann entschuldigt sie sich, dass sie gleich los muss zur Arbeit. Sie gibt Damian einen Kuss und steht auf. Damian steht ebenfalls auf und begleitet sie zur Haustür.

»Seit wann sprichst du eigentlich auch noch Italienisch?«, fragt Johannes, als Damian zurückkommt.

»Könnt ihr keine Fremdsprachen?«, fragt Damian.

»Ein bisschen Englisch. Wie viele Sprachen sprichst du?«

»Vier, aber ich denke, das ist normal.«

»Ich denke, das ist nicht normal.«

Damian verschränkt die Arme.

»Wieso sehe ich euch eigentlich in letzter Zeit immer zusammen bei Natascha? Habe ich etwas nicht mitbekommen?«, fragt Damian.

»Es gibt nichts zu beichten«, sagt Johannes und winkt ab. »Wo waren wir vorher stehen geblieben?«

»Bei Nataschas Preis als Unternehmerin.«

»Stimmt«, sagt Natascha. »Das Abgefahrenste ist, dass in den letzten Monaten so viel passiert ist, dass ich mir vorkam wie ein Alien auf der Veranstaltung. Ich hatte gar keinen Bezug mehr zu der Firma, die ich aufgebaut habe. Alle applaudierten und ich fühlte mich wie ein Betrüger. Wie in diesem Film mit Leonardo DiCaprio, der sich immer als jemand anders ausgibt. Ich war an dem Tag eine Malerin, die sich als Unternehmerin verkleidet hat. Und alle haben es geglaubt. Das war richtig absurd.«

»Hast du die Leute gekannt auf der Veranstaltung?«

»Die meisten von ihnen. Ich habe sie angeschaut und gewusst, wer sie sind. Aber ich konnte mich auf die Schnelle nicht erinnern, woher ich sie kenne und wie gut. Im Laufe des Abends kam immer mehr die Erinnerung zurück. Es war dann auch ganz nett. Aber als ich am nächsten Morgen aufgewacht bin, war ich nur noch froh, dass ich mit dieser Welt nichts mehr zu tun habe.«

Sie setzt ihr Krönchen ab.

»Mir ist es nach der Preisverleihung übrigens wie Schuppen von den Augen gefallen, was der große Unterschied ist zwischen einem normalen Beruf und einem Leben als Künstlerin. In einem richtigen Beruf versucht man, sich anzupassen und die Sprache der anderen zu sprechen. Man probiert, seine Defizite zu überwinden oder mindestens zu verstecken. Ab dem Moment, in dem man sich entscheidet, Künstlerin zu sein, versucht man all das zurückzuholen; die eigene Sprache, seine Schwächen, Verwundbarkeit. Alles, was zu einem gehören würde, aber abgestoßen werden muss in einer normalen Umgebung. Als Künstlerin wäre man ohne diese Dinge aber nur langweilig und unproduktiv.«

»Ich kenne das nur aus dem Studium«, sagt Damian. »Aber dort passt man sich auch sehr an und tut so, als wäre man ganz normal. Warst du eigentlich sehr bossy als Chefin?«

»Kann sein«, sagt Natascha nachdenklich. »Aber meine ehemaligen Mitarbeiter haben sich aufrichtig gefreut, mich zu sehen.«

Johannes sagt mit einem Augenzwinkern zu Damian: »Dass sie als Unternehmerin bossy war, ist der Beweis dafür, dass sie jetzt eine exzentrische Malerin wird.«

Natascha knufft Johannes in die Seite. »Siehst du, es geht schon los«, sagt er und legt seine Hand auf die Stelle, um anzudeuten, dass es wehgetan hat.

»Was ist dagegen einzuwenden, eine exzentrische Künstlerin zu sein?«, fragt Natascha. »Außerdem ist es eure Aufgabe, zu schauen, dass ich nicht abhebe.«

»Aha«, sagen Johannes und Damian überrascht gleichzeitig.

»Darf ich das aufnehmen für später?«, fragt Johannes.

»Nein.«

32

Damians Buch ist in Paris fertig geworden. Elf Monate Arbeit und eine schwierige Auseinandersetzung mit sich selbst stecken in den zweihundert Normseiten, die ausgedruckt auf seinem Schreibtisch liegen. Er hat schlecht geschlafen und die halbe Nacht an sich gezweifelt. Sein Buch kommt ihm lächerlich vor. Er würde es gerne in die Schublade legen und mit dem nächsten anfangen. Ein besseres Buch schreiben, die Flucht nach vorn wagen. Eines Tages würde einmal ein gutes Buch dabei sein, in ein oder zwei oder drei Jahrzehnten.

»Kafka hatte ja so recht«, jammert Damian, der seine Stirn auf die Tischplatte gestützt hat, sodass Johannes nur seine Haare sehen kann.

»Mit welcher seiner düsteren Thesen?«, fragt Johannes und pellt dabei eine Mandarine.

»Er hat gesagt, dass ein Buch die Axt sein muss für das gefrorene Meer in uns.«

»Herrlich poetisch«, antwortet Johannes und steckt sich ein Stück Mandarine in den Mund. »Fragt sich nur für wen. Für den Autor, der es schreibt? Oder für den Leser, der dann Katharsis machen kann, nach dem griechischen Vorbild des Trauerspiels?«

»Ach so«, sagt Damian irritiert und setzt sich auf. »Daran habe ich nicht gedacht. Ich habe angenommen für den Autor. Beim Schreiben untergehen im eigenen gefrorenen Meer.«

»Nein, du sollst mit der Axt draufhauen. Nicht untergehen.«

Damian seufzt.

»Ich würde sagen, ich bin auf dem Eis herumgeschlittert.«

»So mache ich das in der Regel auch«, sagt Johannes und lacht albern. »Deshalb würde ich auch nie einen Roman schreiben. Die psychologischen Konsequenzen würden mich fertigmachen.«

Damian seufzt noch einmal und legt seinen Kopf wieder auf die Tischplatte.

»Hast du bei irgendeinem Verlag Interesse wecken können?«

»Nein, bisher sieht es ziemlich hoffnungslos aus.«

»Es ist eine eigene Welt mit eigenen Regeln, man kommt da fast nicht rein.«

»Mir kommt die deutsche Literaturszene vor wie eine Adelsgesellschaft. Ich lese gerade Proust. Seine Beschreibungen von den Salons und Hofgesellschaften passen zu deren Gebaren.«

»Inwiefern?«

»Die Salons, das Verhalten der Oberschicht, die Diener. Hast du Proust gelesen?«

»Leider nein. Ich bin bei den Weißdornhecken stecken geblieben.«

»Ja, das sind wir alle irgendwann mal«, witzelt Damian.

»Du könntest mir einfach davon erzählen, dann muss ich da nicht durch.«

»Du bist wirklich faul«, antwortet Damian. »Aber gut. Es gibt in der Geschichte einen Monsieur Swann, der in den besten Kreisen von Paris verkehrt. Da er geerbt hat, muss er nicht arbeiten und kann seine gesamte Zeit dem gesellschaftlichen Leben widmen. Er wird regelmäßig in feine Salons von Prinzessinnen eingeladen, wo meistens auch Künstler anwesend sind, die etwas darbieten oder in die obere Gesellschaftsschicht eingeführt werden. Mir kommt es so vor, als ob die renommierten Verlage so wären wie die Adelshäuser, die Proust beschreibt. Sie laden ein, alle kommen gerne, auch wenn sie hintenrum über den Gastgeber herziehen. Auch die Autoren werden geladen, so wie die Künstler damals. Es hat so etwas Gönnerhaftes, wenn man es ihnen ermöglicht, da sie ja eigentlich arm sind. Die Literaturagenten gehören zwar auch nicht der Oberschicht an, aber sie werden geladen, weil sie Händler sind, die wertvolle Kontakte zu den Produzenten haben, also zu den Autoren. Und dann gibt es die Diener, sie sind Verlagsmitarbeiter und stehen Spalier, wenn ein wichtiger Gast kommt.«

»Oh ja, du musst mal auf eine Buchmesse gehen und bei einem Stand von einem großen Verlag vorbeischauen. Da spielen sich solche Szenen ab«, sagt Johannes belustigt.

»Ich habe ehrlich gesagt so gar keine Lust auf diese Welt«, sagt Damian. »Sie lesen Manuskripte nur über

Empfehlungen und sind insgesamt so unzugänglich wie früher die Katakomben des Vatikans.«

»Du wirst kaum an ihnen vorbeikommen.«

»Ich weiß.«

»Wenn du willst, erzähle ich meiner Lektorin von dir. Vielleicht hat sie eine Idee, wo man dich unterbringen könnte.«

»Das wäre großartig«, sagt Damian und wundert sich, warum er nicht selbst auf die Idee gekommen ist, Johannes zu fragen.

»Mach ich gerne. Ich sag ihr, dass du ein exotisches Ausnahmetalent aus Frankreich bist mit deutschen Texten.«

»Ich würde mir sogar ein Barett aufsetzen, um sie zu überzeugen.«

»Hübsch«, antwortet Johannes. »Wieso bist du eigentlich weggezogen aus Genf?«

»Weil ich nicht mehr wusste, was ich dort soll. Und als ich zurückgekommen bin, habe ich gemerkt, dass ich mich dort sehr isoliere von der Welt.«

»Das ist ja nicht unbedingt schlecht.«

»Nein«, sagt Damian und schmunzelt, »aber für mich im Moment nicht ganz das Richtige.«

»Verstehe«, antwortet Johannes, »das ist wohl Geschmackssache.«

»Wenn ich dich bei Natascha auf dem Bett rumliegen sehe, habe ich nicht den Eindruck, dass du sozialen Kontakt grundsätzlich ablehnst«, sagt Damian und überspielt jede Zweideutigkeit.

»Hat halt nicht jeder eine Italienerin zur Hand«, antwortet Johannes und rollt theatralisch mit den Augen.

»Du wirst ja wohl nicht unzufrieden sein mit Natascha«, versucht Damian mehr aus Johannes herauszuholen.

»Es ist nicht das, wonach es aussieht«, sagt Johannes. »Oder wie sagt man das?«

»Ich glaube, man sagt es genauso. Aber ich glaube dir trotzdem kein Wort.«

»Kann man denn von dir mal etwas lesen?«, fragt Johannes, als hätte er die Bemerkung überhört.

Damian zögert. Er hält nichts von Johannes künstlerischer Meinung.

»Erst, wenn es lektoriert ist«, weicht er aus.

»In Ordnung. Ich habe übrigens noch eine Bitte. Ich habe dir ja meine umgeschriebene Geschichte gegeben. Bitte erzähl Natascha nichts davon, okay?«

»Natürlich nicht. Danke übrigens noch für das Zitat von Hemingway, das du mir in Basel mit auf den Weg gegeben hast.«

»Gerne«, antwortet Johannes. »Ich muss langsam los. Natascha hat heute Abend eine Vernissage.«

»Okay. Sag ihr, dass sie die Beste ist.«

»Mach ich«, antwortet Johannes und grinst.

Damian hat aufgelegt und geht in die Küche, um sich etwas zu essen zu machen. Er nimmt ein Brett aus dem Abtropfgestell und schneidet eine Tomate in Scheiben. Dann bestreicht er ein warmes Toastbrot mit Butter und legt die Tomatenscheibe obendrauf. Als er sich gerade an den Küchentisch setzen will, klingelt die Closerie auf seinem Computer im Raum nebenan. Mit dem Holzbrett in der Hand geht er zu seinem neuen Schreibtisch. Es ist ein schöner Schreibtisch, der Wärme ausstrahlt, nicht so hart und spartanisch wie sein Tisch in Genf. Helles, weiches Holz und sehr stabil. Dazu hat er sich einen bequemen Sessel gekauft, in dem er stundenlang an dem Tisch sitzen kann. Er setzt sich hin und tritt wieder der Closerie bei. Natascha hat angerufen. Sie hat sich vom Handy aus eingeloggt. Sie steht draußen vor einem Gebäude in Berlin.

»Hallo Prinzessin«, säuselt Damian mit einem Zwinkern.

»Hallo Prinz«, sagt Natascha und formt ihre Lippen zu einem Kussmund. »Hast du Lust auf eine Privatführung durch meine Ausstellung heute Abend?«

»Oh ja, bitte.«

Sie dreht sich um und geht drei Stufen hoch in eine Galerie.

»Ich muss dich vorwarnen, es werden hier auch noch andere ausgestellt.« Sie dreht die Kamera so, dass Damian ihre linke Schulter und ein am Boden aufgestelltes Kunstwerk sehen kann. »Dieser Phallus ist zum Beispiel nicht von mir.«

»Natürlich nicht«, sagt Damian. »Wenn du ihn gemacht hättest, wäre er magentafarben und nicht aus Marmor.«

»Du verstehst mich«, sagt Natascha und nickt zufrieden. »Warte, ich muss in den anderen Raum rübergehen, aber es ist gerade recht voll hier.«

Das Bild wackelt ein paar Mal stark und es sind Stimmen und Schritte zu hören, die auf dem Steinboden der Galerie widerhallen. Damian fängt an, seinen Toast zu essen. Er muss lachen bei der Vorstellung, dass in diesem Moment eventuell Berliner Galeristinnen auf Nataschas Handy sehen, wie er in Paris einen Toast isst. Dann wird das Bild wieder schärfer. Natascha blickt ihm entgegen.

»Was isst du da Leckeres?«, fragt sie. »Ich hab auch Hunger.«

»Toast«, antwortet Damian. »Bei euch gibt es doch bestimmt Rosen-Limetten-Schorle und vegane zucker- reduzierte Nussriegel.«

»Nee, die Häppchen auf Vernissagen sind immer noch sehr ungesund. Fettiger Blätterteig mit Speck eingerollt und so. Aber ich frag mal die Galerieassistentin, die sieht so aus, als hätte sie einen Nussriegel für mich.«

»Okay, aber was ist jetzt mit deiner Kunst?«, fragt er. Er kennt ihre Bilder bisher nur von den Fotos, die sie ihm in Basel gezeigt hat.

»Ach ja, stimmt«, antwortet Natascha. »Deshalb hatte ich ja angerufen. Also los.« Dieses Mal dreht sie das Handy so, dass er ihre rechte Schulter sieht und hinter ihr an der Wand ein überdimensionales Bild.

»Könntest du ein paar Schritte nach vorne gehen, damit ich es ganz sehen kann?«, fragt Damian.

Natascha stellt sich so hin, dass er alles sehen kann. Sie beobachtet ihn, wie er den Bildschirm genau studiert.

»Und, was sagt der Schweizer Connaisseur?«, fragt sie ungeduldig.

»Könntest du weiter nach rechts gehen? Ich will die rechte Bildhälfte aus der Nähe sehen.«

Natascha geht näher an das Bild heran und positioniert sich so, dass er es gut sehen kann.

»Und, und, und?«, fragt sie wieder ungeduldig. »Spann mich nicht so auf die Folter.«

»Ich liebe die Farben«, sagt Damian, »und die Größe. Hast du das bei dir zu Hause gemalt?«

»Ja, es besteht aus zwei Stücken, sonst hätte es nicht gepasst.«

»Nicht schlecht«, sagt Damian. »Ganz ehrlich, ich würde mir das Bild sofort aufhängen in meiner Wohnung.«

»Wirklich?«, fragt Natascha. »Also ganz real im Ernst?«

»Ja, dort an die Wand«, antwortet Damian und dreht den Computer so, dass sie auf eine große freie Wand gegenüber von seinem Bett blicken kann.

Natascha ist etwas verlegen.

»Vielleicht mal ich dir mal ein Bild für deine Wohnung.«

»Ich halte die Wand so lange frei.«

»Meinst du, deine Freundin hat nichts dagegen?«

»Warum sollte sie?«, fragt Damian. »Deine Bilder werden ihr auch gefallen, da bin ich mir recht sicher.«

»Ich muss hier raus, bevor der Zirkus losgeht. Hast du noch ein bisschen Zeit?«

»Na klar«, antwortet Damian. »Ich bin nur mit meinem Toast beschäftigt.«

Das Bild wackelt wieder stark, er kann die Decke der Galerie sehen, an deren Rand die typischen Lichter an Stahlseilen angebracht sind. Er hört, wie Natascha mit jemandem spricht. Dann sieht er ihre Hand überlebensgroß, wie sie nach dem Handy greift.

»So«, sagt sie, »sorry, ich musste dich kurz ablegen. Jetzt geh ich mit dir spazieren.«

Sie verlässt die Galerie und geht die Straße entlang.

»Wir sind übrigens in Mitte, falls du dich das gefragt hast. Deshalb ist hier auch so viel los.« Sie biegt ab und geht auf einen Schulhof, wo sie sich in den Spielbereich setzt. »Hier kann man wunderbar telefonieren«, sagt sie und streicht mit einer Hand durch ihr langes Haar, um es zusammenzunehmen und über eine Schulter zu legen. »Wie geht es dir?«

»Gut«, antwortet er, »ich vermiss dich ein bisschen.«

Sie kneift die Augen etwas zusammen und schaut auf vorbeilaufende Passanten.

»Tut mir leid wegen Basel«, sagt sie.

Damian antwortet nicht.

»Wenn es um Freundschaft geht, sind alle Menschen sehr promiskuitiv. Man darf viele Freunde haben.«

»Aber nicht mit jedem kuscheln«, fällt ihr Damian ins Wort. »Bei uns ist das so eine Zwischenform, glaube ich. Es stört mich nicht, wenn du einen Freund hast, und auch nicht, wenn du viele Freunde hast, mit denen du dich gut verstehst. Aber das dazwischen gehört mir.«

»So possessiv kenn ich dich gar nicht«, sagt sie, um ihn zu ärgern. »Aber im Ernst, ich hätte auch keine Freude daran, wenn du noch eine andere hättest für unsere unschuldige Form der Liebe.«

»Na also«, seufzt Damian, »du verstehst mich doch.«

»Natürlich. Ich weiß übrigens endlich ein Mittel gegen die Albträume«, sagt sie.

»Oh, erzähl«, sagt er, »ich habe gerade eine ganz schlechte Phase.«

»Eine Freundin hat mir gesagt, dass man Albträume hat, weil irgendwo in einem drin Angst herumirrt. Die schrecklichen Bilder im Traum haben aber meist nicht direkt was mit der Angst zu tun.«

»Also wird einfach eine Angst im Traum verstärkt?«

»Ja, und bebildert.«

»Oh, das ist nicht gut«, sagt Damian. »Ich bin ein sehr ängstlicher Mensch.«

»Witzig«, sagt Natascha, »ich würde von mir genau das Gegenteil behaupten. Ich merke eigentlich nie, dass ich Angst habe. Erst wenn ich nachts schweißgebadet aufwache und dunkle Gestalten sehe, spüre ich die schlimmsten Ängste.«

»Ach Mensch«, sagt Damian und blickt nachdenklich aus dem Fenster. »An der Theorie könnte ernsthaft was dran sein.«

»Ich habe mal ein paar Tage vor dem Schlafengehen versucht, herauszufinden, ob ich Angst habe. Meistens

fühle ich erst mal nichts, aber langsam merke ich so dif-
fuse Gefühle, denen ein bisschen Angst beigemischt sein
könnte.«

»Was ist eigentlich das Gegenteil von Angst?«, fragt
Damian. »Vertrauen?«

»Wahrscheinlich schon.«

»Dann müssen wir lernen, Vertrauen zu entwickeln.«

»Oh, schwierig«, sagt Natascha und lacht auf.

»Eigentlich wäre es doch nicht gut, angstfrei zu sein.
Ich meine, wenn man nur vertraut, dann ist Vertrauen ein
neutraler Zustand. Sozusagen der Nullpunkt. Dann kann
man sich am Vertrauen auch nicht berauschen.« Damian
muss über seine eigenen Worte schmunzeln. Natascha
setzt auch ein Grinsen auf.

»Lass uns die Angst verteidigen.« Sie überlegt und
lässt ihren Blick über den leeren Schulhof streifen.
»Eigentlich muss man beides haben. Vertrauen und
Angst. Gleichzeitig.«

»Wie soll das gehen?«

»Wenn du vertraust, aber dabei ein bisschen Angst
hast, vertraust du nicht blind.«

»Und wenn du Angst hast und trotzdem auch vertraust, ist deine Angst weniger verstörend«, ergänzt
Damian. »Ha. Vielleicht hast du recht.«

»Vielleicht sind Vertrauen und Angst ja Freunde und
wir wissen es nicht.«

»Ich habe die beiden Gefühle noch nie zusammenge-
dacht, bisher haben sie sich in meinem Kopf gegenseitig
ausgeschlossen.«

»Es ist ja auch eine komische Mischung«, sagt Natascha. »Es ist, wie wenn man auf Speed ist und dann kifft. Ein Cocktail.«

»Adrenalin und Melatonin gleichzeitig«, sagt Damian. »Aufgeputscht schläfrig.«

Natascha kichert.

»Hast du meine Geschichte schon gelesen?«, fragt sie.

»Natürlich«, antwortet er. »Dass Buntstifte so ein Trauma auslösen können, hätte ich nie gedacht.«

»Jedweder Gegenstand kann ein Trauma auslösen«, sagt sie. »Ich muss langsam zurückgehen. Versprichst du mir noch mal, dass du Johannes meine Geschichte nicht gibst?«

»Ich verspreche es«, sagt Damian. »Für ihn bist du sowieso die Größte.«

Natascha lächelt und steht auf, um sich langsam wieder in Richtung der Galerie zu begeben.

»Viel Spaß heute Abend«, sagt Damian. »Du bist die Größte.«

33

Ich bin nicht gut darin, ein Pokerface lange aufrechtzuhalten. Aus Verlegenheit wende ich den Blick zu den anderen Gästen im Restaurant. Sie sitzen an ihren Tischen und beenden das Mittagessen. Léo tippt auf die Uhr.

»Wir haben noch fünfzehn Minuten.«

»Wo musst du hin?«

»Arbeiten.«

Er rührt mit dem kleinen Espressolöffel in der Tasse, die vor ihm auf dem Tisch steht. »Willst du mir noch etwas sagen?«

»Léo ...«

Er blickt mich über den Rand seiner Espressotasse an. Als ich nicht weiterspreche, nimmt er einen Schluck.

»Man müsste dich quetschen«, sagt er leise.

»Wie bitte?«, frage ich.

»Damit du schneller sprichst. Ich warte seit über einer Stunde, aber du willst mir nicht mehr sagen, als ich sowieso schon weiß.«

»Mir ist das Geld ausgegangen.«

»Welches Geld?«, fragt er.

»Mein Geld, das ich erarbeitet habe in Genf.«

»Bekommst du keine Waisenrente mehr?«

»Nein, schon seit mehr als einem Jahr nicht mehr.«

»Wenn es dir hilft, musst du keine Miete zahlen.«

»Danke, aber das reicht nicht. Ich habe gar kein Geld mehr, keinen Cent.«

»Wieso kommst du erst jetzt zu mir?«, fragt Léo erstaunt.

Ich zucke mit den Schultern.

»Weißt du«, sagt Léo, »ich glaube an deine Zukunft als Schriftsteller. Du hast Talent, das kann gar nicht anders sein. Aber was das Finanzielle angeht, gibt es ein Problem, mir steht die Scheidung von Nathalie ins Haus.«

»Wieso lasst ihr euch scheiden?«

»Weil es das Beste ist für alle.«

»Was heißt das?«

»Sie betrügt mich. Mit einem Jungen in deinem Alter«, antwortet er gereizt.

»Kennst du ihn?«, frage ich vorsichtig.

Léo schüttelt missmutig den Kopf.

»Weißt du, warum deine Eltern in die Leitplanke gefahren sind?«

Ich bin überrascht.

»Weil es das Beste ist.«

»Hat meine Mutter meinen Vater betrogen?«

»Darum geht es nicht, Damian. Beziehungen sind nicht dafür da, um Frieden zu stiften auf dieser Erde. Beziehungen sind Krieg. Liebe eine Waffe. Das haben schon viele weise Männer vor mir gewusst. Manchmal ist es das Beste, wenn man gemeinsam eine Leitplanke auswählt.«

»Und was ist mit den Kindern?«

»Um die Kinder geht es nicht, es geht um die Beziehung, die Leidenschaft, den Streit. Kinder haben Pech, weil sie auch da sind. Deshalb sind wir alle so krank. Wegen unserer Eltern.«

Léo hat die Espressotasse wieder auf den Tisch gestellt und sich zurückgelehnt. Er schaut mich an: »Tut mir leid, Damian. Ich bin in einer griesgrämigen Stimmung.«

»Du simplifizierst den Tod meiner Eltern«, sage ich traurig.

»Wie viel Geld brauchst du?«

»So viel, dass ich mindestens sechs Monate leben kann.«

»Hast du deinen Bruder gefragt, ob er dich unterstützt?

Ich schüttle stumm den Kopf.

»Frag ihn.«

»Das geht nicht. Ich habe ihm die Freundin ausgespannt.«

»Wie bitte? Was ist nur los mit euch?«

»Wir hassen uns.«

»Das ist nicht gut«, sagt er und lässt seinen Blick über die anderen Tische schweifen. »Weißt du, ich habe meiner Schwester zwei Dinge versprochen für den Fall, dass ihr einmal etwas zustoßen sollte.« Er schaut auf die Uhr, bevor er weiterspricht. »Ich sollte dafür sorgen, dass ihr zwei immer füreinander da seid«, sagt er.

»Aber das sind wir doch«, rufe ich dazwischen.

Léo legt zur Antwort nur den Kopf schief, bevor er weiterspricht. »Das zweite Versprechen war, dass ich

229

schauen würde, dass du Träumer einem richtigen Beruf nachgehst und finanziell unabhängig wirst.«

»Das werde ich«, antworte ich.

Léo legt wieder den Kopf schief und zieht eine Augenbraue hoch.

»Du könntest Christian deinen Anteil am Haus in Basel verkaufen, er hat genug Geld.«

»Kommt nicht infrage«, antworte ich. »Das Haus ist das Einzige, was wir von unseren Eltern haben. Außerdem bindet es mich für immer an Christian, das müsste doch auch in deinem Interesse sein.«

»Okay, was ist mit Arbeiten? Das hast du doch in Genf auch getan.«

Ich zucke leicht zusammen. Die einzige Arbeit, der ich je nachgegangen bin, war selbstzerstörerisch. Ich bin nicht unglücklich darüber, dass dieses Kapitel mit dem Wegzug aus Genf abgeschlossen ist. In Paris gibt es unzählige Frauen, die Gesellschaft von einem jungen Mann wollen. So ist Christian auch zu Geld gekommen. Aber das kann ich weder mir noch Emilia antun.

»Nein, arbeiten kann ich nicht«, antworte ich. »Ich muss mich wirklich auf das Schreiben konzentrieren.«

Léo seufzt.

»Dann komme ich wohl nicht drum herum, dir auszuhelfen. Und das werde ich auch.«

Er steht auf.

»Aber jetzt muss ich los. Ich habe nachher einen Termin beim Scheidungsanwalt und muss vorher noch in die Klinik.«

»Vergiss bitte nicht, zu zahlen«, sage ich und muss gegen meinen Willen lachen.

34

»Natascha, mein Darling«, ruft es so laut, dass Natascha zusammenzuckt. Fragend schaut sie Johannes an, der mit leiser Belustigung einen Ankömmling beobachtet, der sich seinen Weg durch die Hochzeitsgesellschaft bahnt. Bevor Natascha ihren Kopf drehen kann, erklingt die Stimme wieder neben ihr.

»Darling, wie geht es dir?«, fragt Christian und gibt ihr zur Begrüßung zwei Küsschen auf die Wange. Dabei legt er einen Arm um sie. »Wir haben uns seit zwei Jahren nicht mehr gesehen.«

»Gut, gehts mir«, sagt Natascha überrumpelt und versucht, ein wenig Distanz zwischen sie zu bringen.

Johannes klopft Christian auf die Schulter.

»Und dir?«

»Johannes, mein Bester, schön dich zu sehen. Mit deinem kurzen Bart hätte ich dich fast nicht erkannt.«

Und ehe sich Johannes versieht, erhält er ebenfalls zwei Küsschen zur Begrüßung. »Hui«, sagt er überrascht.

»Bienvenue en France«, sagt Christian und dreht sich zu einer jungen Frau neben ihm. »Darf ich euch Inès vorstellen? Sie ist Ärztin, so wie ich.«

Während sie miteinander sprechen, stellt sich ein älterer Herr zu ihnen. »Ihr seid die Berliner Kunstfreunde von Damian?«, fragt er. »Ich bin Léo, der Onkel von diesen beiden hübschen Jungs.«

»Sehr erfreut«, sagt Natascha. »Gut zu wissen, dass es jemanden gibt, der ein Auge auf die beiden hat.«

Léo lacht herzlich und legt Christian eine Hand auf die Schulter.

»Sie sind beide ein wenig steif geraten, weil sie nicht in Frankreich aufgewachsen sind. Aber ich mag sie trotzdem sehr. Man muss nur immer aufpassen, dass sie sich nicht gegenseitig den Hals umdrehen.«

»Bisher hast du uns erfolgreich daran gehindert«, sagt Christian.

»Das werde ich bis zu meinem Tod weiter tun. Ihr zwei liebenswerten Idioten. Apropos, da sind Damian und Emilia. Bitte seid lieb zueinander.«

»Ah, die Künstler aus Berlin sind da«, ruft Emilia, als sie Natascha und Johannes sieht. »Schön, euch endlich persönlich kennenzulernen.«

Während sie sich begrüßen, sagt Damian: »Rein symbolisch hätte ich ja euch beide gerne geheiratet heute. Aber das würde vielleicht zu weit gehen.«

»Wir lieben dich auch«, antwortet Johannes. »Aber das wäre tatsächlich etwas absurd.«

Nach dem Essen spielt eine Band. Johannes und Natascha sind nach draußen gegangen und haben sich auf ein Mäuerchen gesetzt. Sie trinken Wein und schauen in den weitläufigen Garten. Die Hochzeitsgesellschaft ist nicht sehr groß, sie besteht vielleicht aus fünfzig Gästen.

Nach einer Weile kommt eine Person in der Dunkelheit auf sie zu. Als sie näher kommt, erkennen sie im

Schein der Gartenlaterne Christian. Er hat ebenfalls ein Glas dabei und fragt, ob er sich zu ihnen setzen darf.

»Ehrlich gesagt, haben wir mit dir heute nicht gerechnet«, sagt Natascha unverblümt.

»Es ist die Hochzeit meines Bruders«, sagt Christian.

»Mit deiner Freundin«, antwortet Natascha.

Johannes stupst Natascha im Dunkeln unmerklich gegen den Arm.

»Ach ja«, sagt Christian.

»Es ist doch schön, dass ihr wieder in der gleichen Stadt wohnt, oder?«, fragt Johannes, um das Gespräch wieder in ruhigere Gewässer zu führen.

»Er kam mit dem Ziel, mir Emilia auszuspannen, nach Paris«, sagt Christian und schaut in sein Glas. »Sie ist – schwups – einfach weggewesen«, sagt er und schnippt dabei mit seinen Fingern. »Ich habe versucht, sie aufzuhalten, mit ihr zu reden, sie vor Damian zu warnen. Alles hoffnungslos. Er ist ein Egoist. Sein Erfolg als Schriftsteller reicht ihm nicht, nein, er muss mir noch meine Freundin ausspannen.«

»Wenn ich mich recht erinnere, hat er dir erst die Freundin ausgespannt, dann kam der Erfolg«, sagt Natascha.

»Streu doch bitte kein Salz in die Wunde«, sagt Christian missmutig.

»Ich halte mich nur an den chronologischen Ablauf.«

»Welche Rolle spielt Chronologie, wenn man seine Liebe verliert?«, fragt Christian.

Natascha zuckt mit den Schultern.

»Ich glaube, du vermischst da zwei Dinge miteinander, die nicht zusammengehören.«

»Ihr Deutschen seid immer so stringent.«

»Man könnte es vielleicht auch so formulieren«, mischt sich Johannes ein. »Es geht nicht um den Erfolg, am Ende des Tages geht es immer um die Frauen.«

Christian nickt.

»Natürlich geht es um die Frauen.«

Johannes legt einen Arm um Natascha und fügt hinzu: »Zum Glück wissen die Frauen das nicht und zweifeln immer an sich. Sonst würden sie die Welt regieren.«

»Ich finde, wir sollten tanzen gehen«, sagt Natascha.

Als sie zurück in den Festsaal kommen, werden sie von Inès empfangen. Sie möchte gehen, weil ihre Frühschicht im Krankenhaus in ein paar Stunden beginnt. Nachdem sie sich verabschiedet haben, setzen sich Damian, Johannes und Natascha zusammen an einen Tisch abseits der Tanzfläche.

»Was willst du mehr, Damian?«, fragt Johannes.

Damian lacht.

»Im Moment nichts. Ich freue mich, dass ihr hier seid.«

»Wir haben dich vermisst in den letzten Monaten«, sagt Natascha.

»Als Autor Erfolg zu haben ist das anstrengendste Unterfangen, das ich mir je aufgehalst habe«, sagt Damian.

»Du hast dich prostituiert«, sagt Johannes.

»Und wie.«

»Deshalb habe ich nie zu hohe Ambitionen gehabt«, sagt Johannes mit einem Zwinkern.

»Man muss akzeptieren, dass Prostitution ein zentraler Bestandteil des Lebens ist, oder man macht es so wie du. Aber ohne dich wäre das alles gar nicht zustande gekommen. Wenn du mich nicht deiner Lektorin empfohlen hättest, wäre ich immer noch derselbe erfolglose Schriftsteller.«

»Gern geschehen. Sie liebt dich.«

»Dein Leben hat sich innerhalb von zwei Jahren komplett verändert«, klinkt sich Natascha wieder in das Gespräch ein. »Jetzt bist du sogar verheiratet. Das habe ich immer noch nicht ganz realisiert.«

»Ich auch nicht«, sagt Damian nachdenklich. »Eigentlich gibt es nichts, was ich mehr hasse als Veränderung.«

»Wir sind immer noch da«, sagt Natascha und streicht ihm tröstend über die Schulter. »Wir machen weiter mit unserer Closerie, oder?«

»Unbedingt«, sagt Damian. »Wir könnten morgen brunchen gehen in der echten Closerie. Das ist nicht weit entfernt von eurem Hotel.«

»Warst du schon mal drin?«

»Nein, ich wollte warten, bis ihr hier seid.«

»Was ist eigentlich aus Hemingway und seinen Pariser Freunden geworden?«, fragt Johannes. »Sind sie im Alkohol erstickt?«

Natascha schüttelt den Kopf.

»Jeder ist seinen Weg gegangen.«

»Hemingway in die USA, Fitzgerald in den Untergang mit seiner verrückten Frau. Weißt du, was aus Gertrude Stein geworden ist?«

Natascha überlegt.

»Ich glaube, die ist geblieben. Aber ich bin mir nicht sicher.«